Die Strafe des Alphas

Renee Rose

Übersetzt von
Stephanie Kotz

 Erstellt mit Vellum

ANMERKUNG

ANMERKUNG: Dieses Buch wurde ursprünglich in 2015 veröffentlicht und seit der Erstausgabe nicht verändert. *Die Strafe des Alphas* beinhaltet Spankings und harte, intensive, sexuelle Szenen. Falls du Anstoß an derartigen Inhalten nimmst, kaufe dieses Buch bitte nicht.

Renee Rose: HOLEN SIE SICH IHR KOSTENLOSES BUCH!

Tragen Sie sich in meine E-Mail Liste ein, um als erstes von Neuerscheinungen, kostenlosen Büchern, Sonderpreisen und anderen Zugaben zu erfahren.

https://www.subscribepage.com/mafiadaddy_de

Kapitel Eins

Es hatte mit einer kleinen Lüge begonnen. Nur einer.

Ihr Alphawolf Ben hatte ihre Handgelenke über ihrem Kopf fixiert gehabt, während er kraftvoll in sie gedrungen war und gefragt hatte: „Dein Körper gehört mir, stimmt's?"

Sie hatte gestöhnt, „Ja, Sir", während sie so hart genommen wurde, dass ihre Augen vor Wonne nach hinten gerollt waren.

„Heute werde ich in dir kommen, Ash", hatte er verkündet.

„Ja, Sir."

Es hatte keine Rolle gespielt. Sie nahm die Pille – was er wusste – doch Ben Stone war mit Leib und Seele Dom und verstand, dass sie gerne das Gefühl hatte, als hätte sie keine andere Wahl. Sie war mit einem Schrei gekommen, hatte den Rücken durchgebogen und war unter ihm erschaudert. Nachdem er ebenfalls seinen Höhepunkt erreicht hatte, hatte er sich neben sie gelegt und mit einer Hand über ihre Hüften gestreichelt.

„Ich glaube, wir sollten Welpen machen", hatte er gesagt und sein Atem war warm über ihr Ohr geweht. „Meinst du nicht?"

„Ja", hatte sie gehaucht. Sie hätte in diesem Moment all seinen Vorschlägen zugestimmt. Postkoitales Geflüster sollte vermutlich nicht ernst genommen werden. Außerdem war ihr nicht bewusst gewesen, dass er mit bald ‚lass uns jetzt anfangen' gemeint hatte. Sie waren noch nicht einmal verheiratet. Allerdings bedeuteten ihm menschliche Verträge ohnehin nicht viel. Für ihn als Gestaltwandler zählte nur, dass er sie markiert hatte und sie die Seine war. Für immer.

Das Gespräch über Babys hatte vor fünf Monaten stattgefunden.

„Ich weiß einfach nicht, wie ich mit ihm darüber sprechen soll", gestand sie ihrer Zwillingsschwester Melissa bei einem Telefonat in ihrem Büro. Sie senkte die Stimme, weil sie wusste, dass Ben sie mit seinen übermenschlichen Sinnen hören konnte, obwohl ein paar Wände ihr Büro von seinem trennten.

„Sag es ihm einfach! Das wird so langsam albern, Ash. Wenn er denkt, dass ihr versucht, schwanger zu werden, und du noch die Pille nimmst, ist das unehrlich. Ist das die Art von Ehe, die du führen willst?"

„Nein", antwortete sie und stützte ihr Kinn in die Hand. „Aber er wird wütend sein."

„Wütend, dass du nicht bereit bist, Kinder zu bekommen?"

„Nein ... nun, das weiß ich nicht. Vermutlich wird er enttäuscht sein. Allerdings wird er definitiv wütend darüber sein, dass ich die Pille nehme." Ihr Magen verknotete sich, als sie daran dachte. Es gab keinen Ausweg aus dieser Situation. Wenn sie mit Ben sprach, riskierte sie es, ihn zu enttäuschen, oder schlimmer – ihn zu verärgern. Und er würde vermutlich beschließen, dass sie wegen ihrer Täuschung eine Strafe verdiente. Sie war jedoch noch nicht bereit, Kinder zu haben. Sie war erst fünfundzwanzig Jahre alt und Ben, der Multimillionär-CEO von Stone Technologies, hatte ihr gerade erst einen Job als seine persönliche Assistentin gegeben, der mit berauschender Macht und Aufregung einherging. Die Pille abzusetzen, stand also außer Frage. Sie hatte die letzten fünf Monate endlos darüber nachgedacht, aber nie eine Lösung gefunden.

„Ashley", mahnte Melissa in strengem Ton. „Du bist ein Feigling."

Sie sackte auf ihrem Stuhl zusammen. „Ich weiß."

„Geh und sag es ihm jetzt."

Ihr Inneres verknotete sich. „Ich kann nicht."

„Jetzt, Ashley. Ich meine es ernst. Das Ganze ist einfach nur albern."

Sie atmete aus. „Okay. Du hast recht." Sie erhob sich. „Ich gehe."

„Es wird alles gut werden."

„Das glaube ich nicht."

„Das wird es. Ruf mich an und erzähl mir, wie es gelaufen ist."

„Okay. Bye", verabschiedete sie sich rasch. Sie legte ihr Handy auf den Tisch und ging zur Tür, bevor sie kneifen konnte.

Im obersten Stockwerk des Gebäudes war viel los, da die Manager Meetings in ihren Büros abhielten oder telefonierten. Als sie diese Etage das erste Mal für ein Vorstellungsgespräch betreten hatte, war es totenstill gewesen, da nur Ben und seine Sekretärin Karen dort gearbeitet hatten. Er hatte alle anderen aus dem Stockwerk verbannt, weil er

3

die Einsamkeit in seiner Trauer über den Tod seines Bruders vorgezogen hatte.

Sie lief an Karens Schreibtisch vorbei. „Ist er beschäftigt?", fragte sie.

„Er ist allein."

Sie klopfte an die Tür und drückte sie auf.

„Miss Bell", sagte er kühl in der strengen Arbeitgeberstimme, von der ihr Höschen feucht wurde. Die grünen Augen, die goldfarben wurden, wenn er in Wolfgestalt war, musterten sie kritisch.

Sie betrat das Büro und schloss die Tür. „Mr. Stone."

Er lehnte sich auf seinem Stuhl nach hinten und schob seinen Laptop zurück. Seine dunklen Haare fielen ihm in die Stirn und er sah haargenau wie ein mächtiger lateinamerikanischer Millionär aus, sowohl seinem Verhalten als auch seiner Statur nach. „Du bist spät dran."

„Bin ich das?"

„Ja, ich wurde schon vor einer Stunde für dich hart. Schließ die Tür ab."

In ihrem Bauch flatterte es. Sie drehte das Schloss im Griff um. „Ich, ähm, wollte mit dir über etwas sprechen."

Er schüttelte entschieden den Kopf und sie schloss den Mund. „Nicht jetzt." Er deutete auf den Boden zu seinen Füßen. „Komm her."

Ihre Nippel wurden hart vor Aufregung, was für ein Spiel er im Sinn hatte. Sie musste jedoch jetzt mit ihm reden, bevor sie den Mut verlor. „Ben?"

Er zog eine Braue hoch, als wollte er fragen, ob sie es wagte, sich ihm zu widersetzen.

Sie leckte sich über die Lippen und ging zu der Stelle, auf die er gedeutet hatte.

„Auf deine Hände und Knie. Von mir abgewandt."

Okay ... vielleicht sollte sie es ihm später erzählen. Sie

senkte sich in die Position. In ihrem engen Arbeitsrock und ihrer Bluse wirkte die Position noch demütigender.

Ben hob den Saum ihres Rocks an und zog ihn bis zu ihrer Taille.

Sie erschauderte.

Er zog ihr Höschen hinab bis zur Mitte ihres Schenkels.

„Was machst du?", fragte sie.

„Ruhe", blaffte er und verpasste der Rückseite ihres rechten Schenkels einen lauten Schlag. Er wusste, dass sie es hasste, wenn er ein derartiges Geräusch machte, da die Vorstellung, Karen oder jemand anderes könnte ihre Taten hören, zu beschämend war, um auch nur daran zu denken. Alle nahmen bereits an, dass sie sich ihre Stelle erschlafen hatte, und sie hatte jahrelang gegen diesen Eindruck angekämpft. „Sprich nicht, außer ich stelle dir eine Frage."

Ihre Pussy verkrampfte sich. Ein ‚Ja, Sir' stieg in ihr auf, doch sie verkniff sich die Worte. Sie stellte sich vor, wie es aussehen würde, wenn jemand hereinkäme, und erinnerte sich daran, dass sie die Tür abgeschlossen hatte. Doch was, wenn sie den Knauf nicht komplett gedreht hatte? Oder was, wenn jemand den Griff drehen wollte und die Tür verschlossen vorfand – derjenige wüsste sofort, was los war. Allerdings tuschelten sowieso alle über sie. Das war einer der Gründe, aus denen sie noch keine Familie gründen wollte. Sie musste sich hier beweisen – sie musste beweisen, dass sie mehr als Bens Hingucker war, dass sie ein Gehirn hatte und gute Entscheidungen treffen konnte.

Sie verlor jedoch sämtliche Gedanken an alles Arbeitsbezogene, als eine knollenförmige Spitze aus hartem Plastik gegen ihren tropfnassen Eingang gedrückt wurde. Sie zuckte überrascht zusammen, erstarrte und keuchte, als Ben ihre inneren Lippen mit dem Spielzeug teilte und es nach vorne stieß. Er drang damit in sie und dehnte sie weit, bevor er es zurückzog.

Sie keuchte wegen des Verlusts der Empfindung.

Er wiederholte die Tat und fickte sie mit dem Spielzeug.

Sie reckte den Hals, um über ihre Schulter zu blicken, was ihr einen weiteren scharfen Hieb einbrachte.

„Augen auf den Boden."

„Ja, S..." Verdammt. Sie hatte erneut versagt.

Er schnalzte mit der Zunge. „Ungehorsam wird immer bestraft werden, Ashley. Das weißt du."

Sie wimmerte.

Er strich mit einer warmen Hand über ihren Hintern. „Heute Abend werde ich dir ein Spanking verpassen, um dir beizubringen, besser aufzupassen", verkündete er und nahm ihr die Angst, dass er es hier und jetzt tun würde, wo andere es hören würden. Er glitt mit der glatten Plastik-spitze des Spielzeugs um ihren Eingang herum, bevor er es in sie rammte. Es verschwand, da es klein genug war, um in ihren gierigen Kanal zu passen.

Sie hörte, wie ein Knopf betätigt wurde, woraufhin ihr Inneres zu vibrieren begann. Sie zitterte, da ihre Knie sie nicht mehr tragen konnten, und sank mit dem Po zu ihren Fersen.

Bens Hand fing ihren Hintern auf, bevor er sein Ziel erreichte, und brachte ihn mit einer Bewegung wieder in Position, die sie zum Schreien brachte.

„Oh, Gott", stöhnte sie und vergaß, dass sie nicht spre-chen durfte.

„Ungezogen."

„Ich weiß", stöhnte sie. „Es tut mir leid."

Er gluckste. „Das wird es dir noch tun."

Sie verlagerte das Gewicht von einem Knie auf das

andere und wackelte aus zunehmender Verzweiflung im Grunde genommen mit dem Schwanz. Der Vibrator war zu viel – die Empfindungen überwältigten sie und sandten sie über die Klippe. Sie war bereit, jeden Moment zum Orgasmus zu kommen.

„Bitte, Sir?", wimmerte sie.

„Leg deinen Oberkörper und deinen Kopf auf den Boden", befahl er.

Sie zögerte. Die Position war so demütigend, dass sie darüber nachdachte, ob sie protestieren sollte.

„Eins ..."

Sie sank in die beschriebene Position, bevor er zwei erreichte.

* * *

Ben bewunderte seine hübsche Gefährtin in der demütigenden Position, die sie eingenommen hatte. Ihr Kopf war auf eine Seite gedreht und zeigte ihm, dass ihre großen blauen Augen bereits glasig waren. Er liebte es, zu beobachten, wie sie die Kontrolle verlor. Er fand ihre Unterwerfung berauschend und ihre bereitwillige Unterordnung verlieh ihm ein wundervolles Gefühl maskuliner Macht.

„Greif nach hinten und spreiz deine Pobacken." In seiner Stimme schwang ein rauer Ton mit, da sein Verlangen zunahm.

„Ben ...", keuchte sie.

„Jetzt, *mi amor*", befahl er bestimmt. „Und du sollst gesehen, nicht gehört werden."

„Oh, Gott", stöhnte sie, eindeutig nicht in der Lage, seiner Anordnung zu folgen.

Er feixte und beobachtete, wie sie nach hinten griff,

ihren Hintern packte und ihre Zwillingskugeln auseinanderzog, um ihre enge Rosette zu enthüllen.

Er öffnete eine Tube Gleitmittel und ließ einen Tropfen aus einer Höhe von dreißig Zentimetern nach unten klatschen. Er liebte es, wie sie vor Überraschung zusammenzuckte.

Ich liebe dich. Jetzt war nicht der Moment, es zu sagen, doch er liebte sie. Er vergötterte Ashley Bell. Alles an ihr hatte seine Welt erschüttert – jeder Tag, den sie gemeinsam verbrachten, vertiefte sein Verlangen nach ihr und sein Begehren, sie unablässig zu nehmen, konnte nie gestillt werden. Es ging jedoch tiefer als Sex. Nun, vielleicht nicht, denn ihr Sex war tiefgreifend. Ashley bedeutete alles für ihn. Sie besaß Scharfsinn, Intelligenz und eine Großzügigkeit, die er nie nachahmen würde können. Nach dem Tod seines Bruders, oder möglicherweise zum ersten Mal überhaupt, hatte sie ihm das Gefühl gegeben, wieder lebendig zu sein.

Jedes Mal, wenn er ihr eine schreckliche Geschichte aus seinem Leben erzählte, schluckte sie diese, akzeptierte ihn, heilte ihn und liebte ihn.

Er beugte sich auf seinem Bürostuhl vor, berührte ihre Rosette mit seiner Daumenkuppe und umkreiste den festen Muskelring. Er steigerte den Druck allmählich und verringerte seine Bewegungen. Als sie ihn reinließ, zog er seinen Daumen zurück und ersetzte ihn mit der Spitze eines zweiten fernbedienten Mini-Vibrators.

Sie wimmerte, als er den Druck steigerte und ihre enge Rosette durchbrach.

„Nein", stöhnte sie. „Zu viel, zu viel, zu viel."

„Still. Ich entscheide, was zu viel ist. Du kannst das hier aufnehmen. Sei ein braves Mädchen und öffne dich für mich ... nur noch etwas mehr."

Wie immer gehorchte sie ihm und ihr Vertrauen in ihn gab ihm das Gefühl, riesig zu sein. Er führte den Vibrator vollständig in ihren Hintern ein und ließ nur die Kordel hängen, an der er rausgezogen werden konnte. Anschließend nahm er die andere Fernbedienung in die Hand und schaltete auch diesen Vibrator ein.

Sie gab einen unverständlichen Laut von sich, brach auf dem Boden zusammen und spreizte ihre Knie weit.

Er griff unter sie, führte die Spitze seines Mittelfingers an ihren Kitzler und umkreiste diesen. „Komm nicht", warnte er.

„Oh, Gott, bitte?", heulte sie. Sie klang den Tränen nahe, doch er wusste, dass es Tränen der Ekstase waren, die er ihr gerne mit zu vielen Orgasmen oder Edging entlockte. „Bitte, du musst mich kommen lassen, Sir. Oh bitte, ich werde alles tun."

„Steh auf."

Sie bockte mit den Hüften gegen den Boden, als hoffte sie, etwas zu finden, an dem sie ihren Kitzler reiben konnte.

Er schob seine Hand unter sie und schlug ihre Pussy mehrere Male, da er es liebte, wie tropfnass sie geworden war.

„Steh auf", wiederholte er und verlieh seiner Stimme einen missbilligenden Ton.

Sie rappelte sich auf. Ihre Haare waren zerzaust und ihre Wangen hübsch gerötet.

Er zog ihr Höschen hoch und genoss ihren entsetzten Gesichtsausdruck, weil sie weggeschickt wurde, ohne einen Orgasmus zu erreichen.

„Nein ...", murmelte sie.

Er klappte ihren Rock wieder nach unten und strich ihn für sie glatt. Ihre Taille packend, zog er sie runter und drehte sie so, dass sie mit dem Rücken zu ihm auf seinem

Schoß saß. Er strich mit den Händen über ihre Beine und die Innenseite ihrer Schenkel hinauf, um ihren Venushügel zu umfassen.

Sie zappelte und versuchte, von ihm runterzukommen.

Er schlug auf ihre bedeckte Pussy. „Ungezogen."

„Oh, Ben", wimmerte sie.

Er zwickte ihre beiden Nippel gleichzeitig. „Ich will, dass du in dein Büro zurückgehst und an deinen Berichten arbeitest." Er schaltete den Vibrator in ihrer Pussy aus. „Ich werde die Vibratoren zeitweise aktivieren, aber du hast keine Erlaubnis, zu kommen. Verstehst du?"

„Nei-ein", stöhnte sie.

Er zwickte ihre Nippel fester, sodass sie sich wand. „Versuch es noch einmal."

„Ja, Sir", keuchte sie. „Ja, ich verstehe, aber ..."

„Kein Aber. Ich will, dass du den ganzen Tag lang nur eine Berührung von einem Orgasmus entfernt bist. Wenn ich dich nach Haus gebracht habe und mit meinem unge-schützten Schwanz in dich gedrungen bin, wirst du so heftig zum Orgasmus kommen, dass man dich in Afrika hören wird. Und wenn du deinen Höhepunkt hast, wird deine süße kleine Pussy jeden Tropfen meines Samens aufneh-men, um das Ei zu befruchten, das du bald ausstoßen wirst."

Sie errötete, wie sie es häufig tat, wenn er darüber sprach, sie zu schwängern. Er liebte den Gedanken, sie von seinem Kind gerundet zu sehen und die Familie zu grün-den, von der er nie gewusst hatte, dass er sie wollte, bis er Ashley kennengelernt hatte.

Er schaltete den Analvibrator aus. „Du darfst gehen", verkündete er und schenkte ihr ein verdorbenes Grinsen.

Ihre Augen wurden feucht, vermutlich weil sie sich so sehr nach Erleichterung sehnte, aber sie strich ihre Haare glatt und holte tief Luft. „Du bringst mich um", flüsterte sie, während sie zur Tür ging.

* * *

Oh Gott. Was sollte sie tun? Das war nicht nach Plan verlaufen. Sie konnte nicht vernünftig denken, da noch immer die Vibrationen des Spielzeugs durch sie bebten, das er in sie eingeführt hatte. Sie versuchte, professionell, ruhig und gefasst auszusehen, während sie mit wackligen Knien zu ihrem Büro zurücklief.

Zum Teufel mit Ben Stone und seiner Fähigkeit, sie in ein Häufchen aus Lust zu verwandeln. Zum Teufel mit seinem sexy düsteren Aussehen, den herrischen Befehlen und ... Tränen traten ihr erneut in die Augen. Zum Teufel mit seinem Wunsch, jetzt eine Familie zu gründen.

Sie öffnete die Jalousie ihres Bürofensters und betrachtete Denvers Skyline und die Rocky Mountains, die majestätisch im Westen aufragten. Vielleicht sollte sie ihm einfach geben, was er wollte.

Doch was, wenn sie am Ende ihn und das Kind ablehnte? Was, wenn sie eine schreckliche Hausfrau und Mutter abgab? Sie glaubte nicht, dass sie damit klarkäme, den ganzen Tag lang allein mit ein paar Kindern zu Hause eingesperrt zu sein – ganz gleich, wie sehr sie diese liebte. Sie hatte sich immer vorgestellt, später in ihrem Leben Kinder zu haben, in ihren Dreißigern, nachdem sie sich eine Karriere aufgebaut hatte. Und sie hatte nicht gedacht, dass sie zu Hause bleiben würde. Natürlich hatten sie und Ben nicht darüber gesprochen, ob er wollte, dass sie zu Hause blieb oder nicht, aber seine Schwägerin war eine Hausfrau, weshalb sie den Verdacht hegte, dass es Wölfe so handhaben. Sie waren ein recht altmodischer, patriarchalischer Clan.

Sie sank auf ihren Bürostuhl und hoffte, dass die Feuchtigkeit, die aus ihrer Pussy sickerte, nicht durch ihr Höschen in ihren Rock tropfte. Sie lehnte sich zurück und kaute auf ihrer Lippe. Zu sagen, dass sie sich für sich selbst schämte, war eine Untertreibung. Sie hatte ein ziemliches Dilemma erschaffen und je länger es andauerte, desto schlimmer wurde es.

Sie konnte jetzt nicht mit Ben sprechen. Es wäre unmöglich.

Sie sprang auf die Beine, als der Vibrator in ihrem Po zum Leben erwachte. Oh, guter Gott. Wie würde sie diesen Tag überleben? Sie schaute auf die Uhr, während sie sich sachte wieder auf ihren vibrierenden Hintern setzte. Erst zehn Uhr. Sie würde vor Feierabend sterben.

Vor der Mittagspause schaltete er erst einen Vibrator an, dann den anderen und wechselte die beiden dreißig Minuten lang ab. Als er ihr Büro betrat, um sie zum Mittagessen einzuladen, erkannte er, dass sie den Tag nicht überstehen würde.

Sie sah fiebrig aus, ihre Augen waren wild und geweitet, ihre Lippen vor Anspannung geschürzt. Ihre dicken, rötlich braunen Haare sahen zerwühlt aus, als wäre sie wiederholt mit den Händen hindurchgefahren.

Er würde sie nach Hause bringen, sie ficken und ihr den Nachmittag freigeben. „Komm, *mi amor*. Hol deine Handtasche, ich führe dich zum Mittagessen aus."

Sie sah verwirrt aus, als wäre die einfache Aufgabe, ihre Handtasche zu holen, zu viel zu verarbeiten.

Er holte die Tasche für sie und half ihr auf die Beine.
„Komm, Schatz. Ich bin fast mit dir fertig", flüsterte er ihr
ins Ohr.

Sie sackte eindeutig erleichtert gegen ihn.

Er schob einen Arm um ihre Taille, um sie zu stützen,
und führte sie nach draußen. „Ashley fühlt sich nicht gut.
Daher werde ich sie Heim bringen. Ich weiß nicht, ob ich
zurückkommen werde", informierte er Karen.

„Danke schön, Sir", erwiderte sie.

Im Aufzug legte er den Schalter für beide Vibratoren
um und beobachtete, wie die Qualen auf Ashleys Gesicht
erblühten, als er sie gegen die Wand drückte und einen
Schenkel zwischen ihre Beine schob. Sie wimmerte und
rieb ihren Venushügel auf ihm. Er umfasste ihren Po,
drückte zu und genoss es ihre muskulösen Pobacken zu
spüren.

„Ich glaube, du hättest die Feuerwehr gerufen, wenn
ich bis zum Feierabend gewartet hätte", raunte er ihr
ins Ohr.

Sie biss ihm in den Hals, was seine Wolfsinne akti-
vierte. Seine Zähne wurden länger und sein Sichtfeld
wölbte sich, als seine Augen gelb wurden. Der Aufzug
dingte und sie sprangen auseinander, als jemand hereinkam. Er schaltete die Vibratoren aus.

„Guten Nachmittag, Mr. Stone", grüßte der Mann, den
er erkannte, an dessen Namen und Position er sich allerdings nicht erinnern konnte.

Er nickte, ohne zu antworten.

„Hi Charlie, wie läuft es in der F&E-Abteilung?", fragte
Ashley und spielte die Rolle der persönlichen Assistentin
perfekt. Sie hatte ihn gedrängt, bessere Beziehungen zu
seinen Angestellten zu unterhalten, und schien irgendwie
jeden einzelnen zu kennen.

13

Charlie wurde fröhlicher, weil sie ihn erkannt hatte. „Klasse", antwortete er und sah Ben an. „Wir haben den Prototyp der Superstation fertiggestellt. Würden Sie ihn gerne testen?"

Er antwortete nicht. Seine alte Führungsangewohnheit hatte darin bestanden, alle auszuschließen und sich zu weigern, mit ihnen zu interagieren, wenn es nicht unvermeidbar war. Jetzt wusste er, dass er mit ihnen interagieren musste, wenn er die Stimmung verbessern wollte, doch er wusste nicht, wie weit er gehen sollte. Wenn er nicht aufpasste, würde er in eine Million Richtungen gezogen werden.

„Mr. Stones Terminplan ist diese Woche ziemlich voll, aber wenn du mir eine E-Mail schickst, werde ich nächste Woche dreißig Minuten für dich reservieren, in denen du ihm alles zeigen kannst."

Charlie sah ein wenig durcheinander aus, als wüsste er nicht, ob er gerade zurückgewiesen worden war oder nicht, doch er nickte. „Okay, klingt gut."

„Du kennst meine E-Mail-Adresse, oder?"

„Äh ... Ashleybell@stonetech.com?"

Ashley schenkte Charlie ein strahlendes Lächeln, was dafür sorgte, dass ein Knurren in Bens Kehle aufstieg. „Das stimmt", bestätigte sie fröhlich, als der Aufzug erneut anhielt und die Türen aufglitten.

„Okay, danke", verabschiedete sich Charlie, verließ rückwärts den Aufzug und musterte sie beide nacheinander, wobei er ein wenig benommen wirkte.

Die Türen schlossen sich, woraufhin Ben Ashleys Hand nahm und drückte.

„Du hast geknurrt."

„Nein", leugnete er. Er hatte beinahe geknurrt.

„Ich habe es gehört, Wolf. Was ist los?"

„Wölfe machen deutlich, was ihr Eigentum ist, wenn es von einem anderen Männchen betrachtet wird." Er beobachtete die Wirkung seiner politisch falschen Aussage auf Ashleys Nippel, während sie versuchte, Empörung aufzubringen. „Und ich bin momentan hauptsächlich ein Wolf", gestand er mit rauer Stimme.

Daraufhin lächelte sie, presste sich an ihn und Lust schimmerte in ihren Augen.

Der Aufzug hielt auf ihrer Tiefgaragenebene an, woraufhin er Ashley in seine Arme hob und nach draußen trug.

Sie kreischte. „Hör auf, jemand wird uns sehen."

„Ist mir egal", entgegnete er, da er viel zu sehr im Neandertaler-Modus steckte, wie sie es gerne nannte. Sie war die Seine. Es war Zeit, sie zur Höhle zurückzuschleifen und über sie herzufallen. Er schaltete den Pussy-Vibrator ein und gluckste, als sie zusammenzuckte, ihre Beine verschränkte und versuchte, sie aneinander zu reiben, um mehr Reibung zu erhalten.

Er öffnete die Beifahrertür seines schwarzen Mustangs, setzte sie auf den Sitz und schaltete den Anal-Vibrator ein, kurz bevor er sie anschnallte.

Sie bog den Rücken durch, ihre Hände schnellten zu ihrer Mitte und ihr Becken kreiste, um ihren Fingern entgegenzukommen.

„Oh nein", schimpfte er, zog ihre Finger weg und platzierte sie auf dem Armaturenbrett. „Ich habe dir keine Erlaubnis gegeben, dich zu berühren. Deine Lust untersteht meinen Befehlen, schon vergessen?"

Sie stöhnte, schloss die Augen und rollte den Kopf auf der Rückenlehne hin und her.

Er gluckste und schloss die Tür. Als er sich auf den Fahrersitz setzte, schaltete er den Pussy-Vibrator aus.

„Bitte", wimmerte sie. „Ben, ich ertrage das nicht mehr."
Tränen sexuellen Frusts rannen aus ihren Augenwinkeln.

Wie immer überwältigte ihn der Geruch der Tränen
seiner Gefährtin, obwohl er rein rational wusste, dass sie ein
Zeichen ihrer bevorstehenden Wonne waren. Dennoch
brüllten ihn seine Instinkte an, das in Ordnung zu bringen,
weshalb er den Analvibrator ebenfalls ausschaltete.

Ihr Stöhnen war dieses Mal Enttäuschung geschuldet.

„Ich weiß, *mi amor*. Ich werde mich um all deine
Bedürfnisse kümmern, sobald ich dich nach Hause gebracht
habe."

Sie drehte den Kopf und blinzelte ihn an, als würde sie
ihn durch einen Schleier sehen. „Ich liebe dich, Ben Stone",
murmelte sie.

Etwas Mächtigeres als Lust fegte durch ihn und füllte
seine Brust mit Wärme. „Ich liebe dich auch, *mi reina*."

Als er auf der Einfahrt des Hauses parkte, das sie
gemietet hatten, während sie ihr Traumhaus bauen ließen,
öffnete Ashley die Autotür und rannte zum Haus. Er
gluckste, stieß seine Tür auf und verfolgte sie. Er holte sie
ein, als sie mit den Schlüsseln am Schloss herumfummelte.
Er riss sie ihr aus den Händen und schaffte es, die Tür zu
öffnen. Daraufhin trug und zerrte er sie ins Haus, wobei er
ihr die Kleider vom Leib riss.

Er schaltete einen Vibrator ein, dann den anderen. Er
befreite Ashley von ihrem sexy Rock und ihrer Jacke und
knöpfte ihre Bluse zur Hälfte auf, während er sie rückwärts
zum Schlafzimmer trieb. Bluse runter. BH geöffnet. Er hob
sie hoch, warf sie aufs Bett und stürzte sich auf sie.

Höschen runter.

Er zog den Pussy-Vibrator aus ihrer tropfnassen Pussy,
ohne sich die Mühe zu machen, ihn auszuschalten.

Sie griff nach dem Knopf an seiner Hose, öffnete ihn

und befreite seine Härte, während er ihren Mund eroberte. Er wollte sie verschlingen und lecken. Seine Zähne waren länger geworden und sein Sichtfeld schärfer, was bedeutete, dass seine Augen ihre Farbe von grün zu goldfarben geändert hatten. Er leckte in ihren Mund und hielt das dominante Knurren zurück, das in seiner Kehle aufstieg.

Ashley hatte allerdings noch nie dagegen protestiert, wenn er sie grob genommen hatte.

* * *

Ashley dachte, sie würde sterben, wenn sie nicht kam. Die Vibrationen in ihrem Hintern hatten sie in Wackelpudding verwandelt und ihr Körper bebte für Ben. „Bitte", wisperte sie, als er ihren Kuss unterbrach. Sie hatte ihre Faust in seinem Hemd geballt und zog es zu sich in dem Versuch, die Kontrolle zu übernehmen, obwohl sie die Sub war.

Zum Glück, erlaubte Ben es. Er nahm sie mit einem Stoß, drang bis zum Anschlag in sie und verharrte dort, während sie sich unter ihm wand. Sie schlang ihre Beine um seinen Rücken, um ihn tiefer zu ziehen, und hob ihre Hüften, um ihn in sich zu bewegen.

Ben umfasste die Stelle, wo ihr Hals auf ihre Schulter traf, und hielt sie fest, während er sich aus ihr zog und erneut kraftvoll in sie drang.

Sie stöhnte lüstern. „Ich brauche dich ... ich brauche dich, bitte."

Bens Mund dehnte sich zu einem wölfischen Grinsen und seine Zähne blitzten gefährlich auf. Er wich zurück und rammte sich erneut in sie. Seine Augen glitzerten goldfarben und seine Miene wirkte begierig. Er griff zu seiner Hose, die noch um seine Beine lag und sie dachte, er würde sie ausziehen, doch stattdessen holte er ein kleines elektronisches Gerät heraus.

Plötzlich steigerte sich die Geschwindigkeit der Vibrationen in ihrem Hintern. Sie schrie, schob ihr Becken gegen ihn und versuchte verzweifelt, Erleichterung zu erhalten. Ben begann zum Glück, sich in sie zu stoßen und so energisch in sie zu dringen, dass ihre Knochen durchgeschüttelt wurden.

„Oh, Gott, ja. Bitte ...“

„Ich liebe es, wenn du bettelst“, raunte er mit belegter Stimme. Er rammte sich erneut in sie und nahm sie mit der Gewalt, nach der sie sich sehnte. Jeder Stoß war zu viel, zu hart, jedes Rausziehen zu früh.

Es schien, als würde sich ihr ganzer Körper für ihn öffnen, ihr Herz weit aufplatzen und ihr Körper komplett ihm gehören. Sie zappelte nicht mehr oder wand sich oder versuchte, das Geschehen zu lenken, denn gegen ihn zu arbeiten, würde schmerzhafte Konsequenzen nach sich ziehen. Sie gab sich ihm komplett hin. Sie war seine Puppe, seine markierte Gefährtin, geöffnet für seinen Samen.

„Komm für mich, Ashley“, befahl er in einem gutturalen Ton und rammte sich im selben Moment tief in sie, in dem er an der Schnur des Analvibrators zog. Er zerrte den Vibrator durch den engen Ring ihrer Rosette und ließ ihn halb herausragen, sodass sie weit um dessen vibrierende Mitte gedehnt wurde. Sie zerfiel, ihre Pussy verkrampfte sich und ihre inneren Muskeln kontrahierten, als eine Woge nach der anderen des überwältigenden Höhepunkts durch sie schwappte. Es schien ewig anzudauern – ihr Orgasmus und seiner. Sie schwor, dass sie die sengende Hitze seines Spermas in sich spürte und fühlte, wie ihr Körper ihn freudig aufnahm, seinen Schwanz molk und den Samen tief in sie sog. Als ihre Muskeln endlich aufhörten, zu flattern, zog Ben den Vibrator vorsichtig aus ihr, ließ seinen gewaltigen Schwanz jedoch in ihr.

Dies war zweifellos die perfekte Art, um ein Baby zu machen. Es war eine beinahe religiöse Erfahrung gewesen und die Euphorie, die sie nun durchströmte, wurde nur von einem Gedanken unterbrochen: Sie hatte alles vermasselt.

Wegen ihrer Täuschung würde heute kein Wolfwelpe gezeugt werden. Die Pille würde das verhindern und ihr zukünftiger Ehemann hatte keine Ahnung von ihrer Sabotage.

Sie drehte den Kopf zur Seite, als heiße Tränen aus ihren Augen rannen.

Ben küsste sie weg und sie fühlte sich nur noch schlechter wegen der Zärtlichkeit seiner Reaktion. Er dachte, die Tränen würden von dem unglaublichen Orgasmus stammen und nicht von den fürchterlichen Schuldgefühlen, die ihre Brust verdunkelten. Er zog sich aus ihr und ließ sich neben ihr nieder, nahm sie in seine Arme, küsste ihr Gesicht und ihre Haare und knabberte an ihrem Ohr. „*Te quiero ... te amo.*"

Weitere Tränen. „Ich liebe dich auch, Ben."

Er hielt sie in den Armen, bis ihr Körper zu zittern aufhörte und ihre Temperatur wieder ihren normalen Wert angenommen hatte.

„Ich werde zur Toilette gehen und uns anschließend etwas zum Mittagessen machen", murmelte sie und schlüpfte aus seiner Umarmung. Im Bad öffnete sie den Reißverschluss der Kosmetiktasche, in der sie die Pillen versteckte, und starrte diese angewidert an. Ihr Magen verkrampfte sich und sie wollte sich übergeben. Wenn sie nur die Pillen auskotzen könnte, die sie während des letzten halben Monats bereits genommen hatte. Sie fragte sich, was passieren würde, wenn sie heute aufhörte, die Pille zu nehmen. Bestand dann noch immer eine Chance, schwanger zu werden? Und falls ja, würde das Baby gesund sein oder würden die Pillen für eine Abnormalität sorgen?

Das Geräusch der Tür, die hinter ihr geöffnet wurde, sorgte dafür, dass sie zusammenzuckte, keuchte und ihre Hand mit den Pillen hinter ihren Rücken zog, als sie zu Ben herumwirbelte.

Er erstarrte.

Es war dumm, zu versuchen, ihn reinzulegen – er besaß Gestaltwandlerinstinkte, die sie nicht verstehen konnte. Sein Gehör und Sehvermögen waren zehnmal besser als ihres.

Seine Miene verriet nichts, doch jegliche Zweifel daran, ob er etwas gesehen hatte, verflogen, als er mit tödlicher Stimme fragte: „Was ist das, Ash?"

Tränen der Scham rannen sofort aus ihren Augen, als sie ihre Hand widerwillig ausstreckte, um es ihm zu zeigen. „Es tut mir leid", entschuldigte sie sich und spreizte ihre Finger, um ihm die Pillen zu zeigen.

Er starrte sie an und Unglauben zeichnete sich auf seinem Gesicht ab. „Was ist das?", wiederholte er.

Er würde sie zwingen, es auszusprechen. Sie konnte ihm nicht in die Augen schauen. Die Pillen anstarrend wiederholte sie: „Es tut mir leid, Ben." Ihre Stimme brach bei den Worten. „Ich habe dich angelogen. Ich ... wusste einfach nicht, ob ich bereit war, Kinder zu haben."

Ben hatte sich nicht bewegt. Er stand vollkommen reglos da. „Warum hast du gelogen?"

Weitere Tränen rannen über ihre Wangen. „Ich ..." Ihre Schultern sackten herab. „Das erste Mal, als du es angesprochen hast, konnte ich keinen klaren Gedanken fassen und danach ... ich weiß es nicht. Ich war ein Feigling, schätze ich. Ich hatte Angst."

Er machte einen Schritt – nicht zu ihr, sondern rückwärts. „Du hattest Angst vor mir?" Seine Stimme war so leise, so emotionslos wie die Ausdruckslosigkeit auf seinem Gesicht, dass es ihr Angst machte.

„Ben ..." Sie unterbrach sich. Was gab es noch zu sagen? Sie hatte keine Entschuldigung, keine Erklärung für eine Täuschung, die sie viel zu lange aufrechterhalten hatte, als dass er ihr vergeben könnte. „Es tut mir leid", flüsterte sie.

Er wandte sich ab und zog sein Hemd im Weglaufen aus. Das bedeutete, er würde sich verwandeln. Sie stand in der Badezimmertür und beobachtete, wie er seine Hose im Flur auszog und sich mit geschmeidiger Eleganz in einen gewaltigen schwarzen Wolf verwandelte.

„Ben", rief sie verzweifelt.

Er drehte sich nicht zu ihr um, bevor er sich aus der Hundetür schob und verschwand.

Das Haus hatte sich noch nie so leer angefühlt.

Kapitel Zwei

Ben konnte es nicht fassen. Er rannte zu den Bergausläufern. Sein Verstand und Körper waren taub. Sie hatten absichtlich ein Haus in der Nähe der Wildnis gemietet, sodass er nach Lust und Laune in Wolfgestalt umherstreifen konnte. Daher erklomm er jetzt die steile Bergflanke. Er wollte für immer rennen.

Ashley hatte ihn angelogen. Sie hatte sein Vertrauen missbraucht. Noch schlimmer war jedoch, dass sie es getan hatte, weil sie Angst gehabt hatte, ihm die Wahrheit zu sagen. Diese Tatsache hatte ihn wie eine Faust in den Magen getroffen. Was für ein Gefährte war er, wenn sein Weibchen mit ihm nicht einmal über die Dinge reden konnte, die ihr wichtig waren?

Denn er hatte nie auch nur einen Funken Feigheit bei Ashley beobachtet. Obwohl sie ein Mensch war, war sie durch und durch ein Alphaweibchen – selbstbewusst, blitzgescheit und ein soziales Genie. Sie konnte jeden um ihren Finger wickeln. Sie hatte es gewagt, bei ihrem Vorstellungsgespräch Witze zu machen, obwohl sie nervös gewesen war. Außerdem hatte sie ihm immer wieder ihr

Herz geöffnet, obgleich er sie wiederholt abgewiesen hatte.

Zu hören, dass sie ihn fürchtete, bedeutete daher, dass sie ihm weder verziehen noch vergessen hatte, wie er sie markiert hatte. Es bedeutete, dass zwischen ihnen kein Vertrauen herrschte.

Bilder seiner Mutter, die ängstlich dem Zorn seines Vaters auswich, blitzten vor seinen Augen auf. Er rannte schneller über das felsige Terrain und der kalte Februarwind blies durch sein Fell. Er hatte immer befürchtet, dass er wie sein Vater werden würde. Deswegen hatte er das Rudel seines Bruders nicht anführen wollen und nicht nach einer Gefährtin gesucht. Allerdings konnte man seiner Abstammung anscheinend nicht entkommen.

Die liebevolle, vertrauensvolle Beziehung, die sein Bruder so mühelos mit seiner Frau vorgelebt hatte und von der er törichterweise gedacht hatte, er könnte sie mit Ashley führen, war nicht für Wölfe wie ihn. Der graue Tag wurde kälter, je höher er rannte. Zeit und Entfernung verblassten und er erreichte die Baumgrenze, wo Schnee noch den Boden bedeckte. Es begann, zu schneien.

Er blieb stehen und drehte sich im Kreis, um in der Luft zu schnuppern. Er roch einen Hirsch, war jedoch nicht in der Stimmung, zu jagen. Daher setzte er sich, hob die Schnauze zum Himmel und stieß ein langes, trauriges Heulen aus.

* * *

Nur eine Zahnbürste würde den Dreck zwischen den Fugen der Dusche wegbekommen. Ashley schob ihre Ärmel hoch und nahm wieder ihre Position auf Händen und Knien in der leeren Badewanne ein, wo sie die Fliesen schrubbte. Sie hatte das Haus in Angriff genommen und von oben bis unten geputzt, als würde das die Dinge mit Ben irgendwie erleichtern. Es ging jetzt auf 18 Uhr zu und er war nicht zurückgekehrt. Ihr Magen verkrampfte sich wie eine Faust.

Als sie mit dem Putzen fertig war, grillte sie drei Steaks und machte einen griechischen Salat sowie Kräuterquinoa.

Er war immer noch nicht nach Hause gekommen. Die Uhr zeigte 20:30 Uhr an. Die Nacht war hereingebrochen und Schneeflocken hatten zu fallen begonnen. Die Kälte störte ihn wahrscheinlich nicht. Doch war es ein Zeichen dafür, wie aufgebracht er war, dass er trotz der Dunkelheit und Kälte nicht zurückkehrte?

Da sie nichts essen konnte, gab sie das Essen auf Teller, deckte diese mit Frischhaltefolie ab und stellte sie in den Kühlschrank. Das Haus fühlte sich nicht mehr wie ihres an. Sie schlich auf Zehenspitzen darin herum, als gehörte sie nicht hierher, und zuckte bei jedem Knarzen der Holz-böden zusammen. Sie wickelte sich eine Decke um die Schultern, setzte sich, schaltete den Fernseher an und zappte durch die Sender. Sie fand einen alten Clint East-wood Film und schaute ihn an, bis ihre Augenlider zu sinken begannen.

Vielleicht sollte sie einfach ins Bett gehen. Würde er bald zurückkehren? Oder würde er die Nacht woanders verbringen? War dies das Ende ihrer Beziehung? Tränen brannten in ihren Augen, doch sie blinzelte sie zurück und ging zu ihrem Schlafzimmer, um zu versuchen, zu schlafen.

Sie wachte um zwei Uhr morgens auf und fand den Platz im Bett neben sich leer vor. Ein Gefühl des Grauens erfüllte ihre Brust, als sie aus dem Bett stieg, um das Haus abzusuchen. Sie blieb im Wohnzimmer stehen, wo sie Bens schlafende Gestalt auf dem Sofa vorfand. Er war nackt, als hätte er sich gerade erst zurückverwandelt. Die definierten Muskeln seiner kräftigen Brust und Arme waren entblößt, da nur eine leichte Decke über seiner Taille lag.

Sie schliefen nicht zusammen?

Sie zwang sich, auszuatmen, schien jedoch keine Luft holen zu können. Bedeutete das, dass es zwischen ihnen aus war? Ihre Nase brannte, als sich Tränen in ihre Kehle drängten. Sie schlich zur Seite des Sofas, kniete sich neben Bens Gesicht und Tränen rannen über ihre Wangen.

Seine Augen öffneten sich blinzelnd und er setzte sich auf. „Ashley", sagte er mit heiserer Stimme. „Geh schlafen."

„Ich kann nicht", erwiderte sie. Sie erinnerte sich daran, dass er ihr einmal erzählt hatte, dass ihn der Geruch ihrer Tränen in die Knie zwang. Sie meinte, sie würde Schmerzen in seinen Augen sehen, in der Dunkelheit war das jedoch schwer zu erkennen. „Können wir reden?", krächzte sie.

Er seufzte. „Wir reden morgen."

„Kommst du mit ins Bett?"

„Nein", antwortete er schwer. „Ich glaube nicht."

„Dann bleibe ich hier", verkündete sie und wischte die Tränen mit dem Handrücken weg.

„Nein", entgegnete er mit harter Stimme. „Geh wieder ins Bett. Jetzt."

Sie schüttelte den Kopf.

Er gab einen verärgerten Laut von sich und griff nach ihr, erstarrte jedoch, als sie zusammenzuckte. „Du hast Angst vor mir", stellte er dumpf fest.

Sie öffnete den Mund, schloss ihn wieder und wusste nicht, wie sie antworten sollte. War sie zusammengezuckt, weil sie Angst hatte? Nein, nicht wirklich. Rational gesehen hatte sie keine Angst vor Ben, seine Dominanz hatte allerdings eine Wirkung auf sie und sorgte dafür, dass ihr Selbsterhaltungstrieb aktiviert wurde, genauso, wie sie stets schlucken musste, wenn sie ihn in Wolfgestalt sah.

„Deswegen hattest du das Gefühl, dass du mich anlügen musst."

Sie schüttelte den Kopf. „Ich ... zuerst wollte ich dich nicht enttäuschen. Und dann, nachdem die Lüge raus war, hatte ich Angst, die Wahrheit zu gestehen, weil ich wusste, dass du wütend sein würdest ... zurecht."

„Hast du gedacht, ich würde dich zur Mutterschaft zwingen? Dass du in dieser Angelegenheit kein Mitsprache-recht hast?"

„Nein ... nein. Aber du wirktest so aufgeregt. Und ich ..."

Er wartete, als sie verstummte.

„Meine Karriere fängt gerade erst an. Ich liebe es, für dich zu arbeiten, und ich will das einfach noch nicht aufgeben."

„Das ist das Gespräch, das wir vor fünf Monaten hätten führen sollen."

Sie ließ den Kopf hängen und starrte den Umriss ihrer Hände in der Dunkelheit an. „Ich weiß."

„Ich hätte dich nicht gedrängt", erklärte er mit einem bitteren Unterton in der Stimme. „Ich dachte, du wolltest es."

„Das tue ich", protestierte sie. „Nur vielleicht nicht sofort. Wir sind noch nicht einmal verheiratet." Sie wusste, dass eine Ehe für Gestaltwandler nicht so viel zählte wie für Menschen, aber sie hatten sich auf eine lange Verlo-bungszeit geeinigt, damit sie und ihre Familie Zeit hatten, sich an ihre plötzliche Beziehung zu gewöhnen. In Bens Welt hatte er sie markiert und sie gehörte zu ihm, fertig. Sie hatte das akzeptiert, wollte jedoch trotzdem Zeit, um sich an die Vorstellung zu gewöhnen.

„Ich werde aufhören, die Pille zu nehmen. Ich wollte sie heute wegwerfen, als du mich erwischt hast."

Er machte eine ungeduldige Geste. „Das musst du nicht tun. Das ist mir egal. Denkst du, Welpen sind mir wichtiger als dein Glück?"

Ihr Gesicht wurde heiß vor Scham und ihre Augen wurden wieder feucht. „Es tut mir leid."

Er sagte nichts.

„Wirst du mich bestrafen?"

„Nein."

„Warum nicht?"

„Geh ins Bett, Ashley", antwortete er und klang müde.

„Nicht ohne dich."

Er griff erneut nach ihr und dieses Mal hielt sie still. Sie war nicht überrascht, dass seine Berührung sanft war trotz seiner steinernen Miene. Er hob sie in seine Arme und trug sie zum Schlafzimmer, wo er versuchte, sie aufs Bett zu legen. Sie klammerte sich allerdings an seinen Hals und weigerte sich, ihn loszulassen.

Er knurrte und sie ließ beinahe los, nahm aber all ihren Mut zusammen, um ihm zu beweisen, dass sie keine Angst vor ihm hatte. Er ließ sich mit ihr aufs Bett fallen, drückte sie nach unten und verpasste ihrem Hinterteil mehrere scharfe Schläge.

Sie lag vollkommen still da und hielt die Luft an. Ein Spanking würde diesen Streit zwischen ihnen aus der Welt räumen. Er hatte ihr zuvor schon einmal ein ernsthaftes Spanking verpasst und obgleich das wehgetan und sie es nicht genossen hatte, hatte es sie einander nähergebracht.

Er fuhr nicht damit fort, ihr den Hintern zu versohlen, ging allerdings auch nicht. Er ließ sich neben ihr auf dem Rücken nieder, verschränkte seine Finger hinter dem Kopf und schaute zur Decke.

Sie würde nehmen, was sie konnte. Sie kuschelte sich an seinen Körper, presste ihr Gesicht an seine Seite, schloss die Augen und betete, dass er ihr vergeben würde.

* * *

Ashley strahlte Unruhe aus. Seine Gestaltwandlerinstinkte drehten durch, weil er den Stress seiner Gefährtin spürte. Dennoch konnte er seine eigenen Emotionen nicht ändern, die größtenteils abgestorben zu sein schienen. Er war wieder zu dem geworden, der er gewesen war, bevor er sie kennengelernt hatte – der ‚Steinmann', dem es an Emotionen mangelte, der wahllos Leute feuerte und nie lächelte. Im Aufzug nahm er ihre Hand in dem Versuch, sie zu beruhigen.

Sie sah mit ihren großen blauen Augen und einem stummen Flehen zu ihm auf, bei dem sich sein Herz verkrampfte. Der Aufzug hielt an und die Türen öffneten sich, sodass andere Angestellte einsteigen konnten. Ashley machte Anstalten, ihre Hand wegzuziehen, doch er hielt sie fest und zog sie leicht hinter sich, um ihre ineinander verschränkten Hände zu verbergen. Er ließ sie erst los, als sie das oberste Stockwerk erreichten und wortlos getrennter Wege gingen. Er war nie ein Mann vieler Worte gewesen, doch selbst für ihn wirkte das Schweigen merkwürdig. Die Kluft zwischen ihnen schien mit jedem verstreichenden Moment größer zu werden.

Er war nicht wütend. Er fühlte sich verraten und wie ein Idiot, weil er monatelang geglaubt hatte, sie würden versuchen, ein Kind zu zeugen, während sie die Pille genommen hatte. Das mangelnde Vertrauen zwischen ihnen machte ihn fertig. Er war nicht der Typ, der leicht vertraute oder liebte, doch als er Ashley zu seiner Gefährtin gemacht hatte, hatte er gedacht, er wäre darüber hinweggekommen. Jetzt konnte er praktisch spüren, wie sich seine alten Mauern wieder um sein Herz herum aufbauten.

Schlimmer war, dass er nicht aufhören konnte, an Ashleys Angst vor ihm zu denken. Vielleicht konnte eine Paarung mit einem Menschen nicht funktionieren. Der Unterschied in ihren körperlichen Fähigkeiten würde sie immer trennen. Gestaltwandler hatten eine Rudelrangfolge. Dominanz wurde auf körperliche Art etabliert und bewahrt. Männchen lösten ihre Probleme mit anderen Männchen bei einem Kampf. Sie lösten Probleme mit einem Weibchen, indem sie ihm den Hintern versohlten. Ashley hatte das nicht gestört – zur Hölle, sie liebte es, wenn er seine Autorität einsetzte, dennoch musste sie sich Sorgen machen, dass er die Kontrolle verlieren würde, wie er das getan hatte, als er sie markiert und ihr eine echte Verletzung zugefügt hatte.

Er hörte bis zum Mittagessen nicht von ihr, als sie an seine Tür klopfte und hereinkam. Normalerweise erhellten ihr Lächeln und ihre Präsenz seinen Tag. Heute wirkte sie niedergeschlagen und beinahe schüchtern – was nicht zu ihrer aufgeschlossenen Persönlichkeit passte. Er hasste es, sie so zu sehen.

„Möchtest du mit mir Mittagessen gehen? Oder, ähm, möchtest du, dass ich dir etwas bringe?"

Er wollte nicht mit ihr Mittagessen gehen. Allein, sie zu sehen, schmerzte ihn. „Bring mir ein Sandwich", antwortete er, wobei er eigentlich nicht so barsch klingen wollte.

Sie zog den Kopf ein, nickte und ging ohne ein Wort.

Verdammt. Warum hatte er so ein Talent darin, die Dinge zu verschlimmern?

Sie brachte ihm das Sandwich und er aß es allein an seinem Schreibtisch. Den Rest des Tages vertiefte er sich in

Finanzberichten und tauchte erst um 18 Uhr aus ihnen auf, als er sein Büro abschloss und Ashley zusammengesackt auf ihrem Stuhl vorfand, wo sie ihren Computerbildschirm anstarrte.

„Bist du bereit?", fragte er.

Sie sah enttäuscht aus, als hätte sie gehofft, er würde etwas anderes sagen. Doch was gab es da zu sagen?

Sie gingen schweigend zum Aufzug. Nachdem sie ihn betreten hatten, legte Ben einen Arm um sie und zog sie an seine Seite, an die sie sich sofort schmiegte. Er beugte sich nach unten und küsste sie auf den Kopf.

Sie hob den Blick. „Sind wir okay?"

„Ja", antwortete er, obwohl sie beide wussten, dass es eine Lüge war.

Zu Hause ging sie in die Küche und begann, das Abendessen aufzuwärmen, das sie am Vorabend für sie beide gekocht hatte. Er legte seine Jacke und Krawatte ab und knöpfte sein Hemd am Kragen auf. Aus der Küche drang der Duft von Steak, aber auch der salzige Geruch von Ashleys Tränen.

Nichts bändigte einen Gestaltwandler mehr als der Geruch des Kummers seiner Gefährtin. Verdammt. Er ging in die Küche und fand Ashley dem Herd zugewandt vor. Ihre Schultern waren gekrümmt und Tränen rannen über ihr Gesicht.

„Hey", sagte er sanft und drehte sie um. „Es reicht." Er wischte die Tränen von ihrem Gesicht. „Das hilft nicht."

„Was wird helfen?", fragte sie und ihre Stimme wurde vor Verzweiflung höher. „Ich kann es nämlich nicht ertragen, so zu leben, wie wir es momentan tun. Warum brüllst du mich nicht einfach an? Oder bestrafst mich? Bist du hier nicht der Alpha?" Sie gab ihm einen wirkungslosen Schubs und verzog ihr Gesicht zu einem kleinen Ball der Wut.

„Es reicht", wiederholte er und legte dieses Mal den scharfen Ton seiner Autorität in seine Stimme.

„Tut es das?" Sie schlug mit der Handfläche auf seine Brust.

Obwohl er wusste, dass sie ihn anstacheln wollte, reagierte er instinktiv, so wie es jeder dominante Wolf tat, der herausgefordert wurde. Er packte ihr Handgelenk, wirbelte sie herum und fixierte ihre Hand in ihrem Rücken. Er verpasste ihr den ersten Schlag, bevor er eine Gelegenheit hatte, nachzudenken.

Er hielt inne und atmete tief ein. Er wollte das hier nicht. Wenn sie ihn fürchtete, würde es nicht helfen, ihr den Hintern zu versohlen. Andererseits hatte sie ihn praktisch darum angebettelt. Vielleicht brauchte sie es, um ihre Schuldgefühle zu lindern. Sie wehrte sich jedenfalls nicht gegen ihn, sondern stand vollkommen still und mit vorgebeugtem Kopf da, sodass ihre dichten Haare wie ein Vorhang um ihr Gesicht fielen.

Er ließ sie los und drehte sie zum Wohnzimmer um. „Zieh deine Kleider aus und knie dich in die Ecke dort drüben", befahl er und deutete auf die Ecke in der Nähe des Sofas.

Sie bewegte sich sofort, sah ihm allerdings nicht in die Augen und hielt den Kopf unterwürfig gesenkt.

Er blieb, wo er war, und rang mit sich. Es war natürlich zu spät, seine Meinung zu ändern. Doch was, wenn es die Lage zwischen ihnen nur verschlimmerte, wenn er sie bestrafte? Er schaltete den Ofen aus und ließ die Steaks in diesem, damit sie warm blieben.

Als er zurückkehrte, hatte Ashley ihre Position eingenommen. Bei ihrem Anblick stockte ihm der Atem – ihre langen, rötlich braunen Haare fielen über ihren Rücken, sie hatte breite Hüften und natürlich einen perfekten Hintern, der sich beim Knien zwischen ihren Fersen niedergelassen hatte. Sein Schwanz vergaß seinen Widerwillen, sie zu bestrafen, und drängte sich eifrig gegen seine Hose.

Er ging zum Sofa und setzte sich. „Komm, Ashley."

„Wuff", sagte sie kaum lauter als ein Flüstern, was ihm ein schiefes Lächeln entlockte. Das war ihr Witz seit dem Tag, an dem er sie zu einem Vorstellungsgespräch eingeladen und ihr befohlen hatte, sich zu setzen. Damals hatte er nicht gelacht, doch sie war hartnäckig geblieben, genauso wie sie trotz seiner wiederholten Zurückweisungen ihrer Zuneigung nicht aufgegeben hatte.

Sie stellte sich vor ihn, das Kinn gesenkt und die Hände hinter dem Rücken verschränkt.

„Warum bestrafe ich dich?"

„Weil ..." Sie räusperte sich. „Weil ich gelogen habe."

Er wartete.

„... Sir", fügte sie hinzu.

Er sagte nichts, sondern bewahrte bloß seine ausdruckslose Miene.

Sie knabberte auf ihrer Lippe. „Ich hätte wissen sollen, dass du mich anhören und meine Gefühle in dieser Hinsicht berücksichtigen würdest. Das hast du immer getan."

Ihre Worte erleichterten ihn.

„Ben?"

Er zog erwartungsvoll eine Augenbraue hoch.

„Würdest du mich zwingen, zu Hause bei den Kindern zu bleiben?"

Er packte ihre Taille und zog sie auf seinen Schoß. „Dich zwingen?", fragte er. „Denkst du, dass es hier so läuft?"

Sie spielte mit ihren Händen.

Er nahm ihr Kinn und hob ihr Gesicht zu seinem.

„Ich weiß es nicht. Es ist nur ... deine Schwägerin ...“

„Das ist das, was Shayla wollte. Sie hatte nie Interesse daran, sich an Leons Firma zu beteiligen. Deswegen hat er sie mir hinterlassen. Shayla wollte versorgt werden, damit sie sich ihren Kindern widmen konnte.“ Er sah tief in Ashleys blaue Augen. „Hast du gedacht, es wäre ein Gestaltwandler-Ding? Geht es bei dieser Sache darum?“

Sie zuckte mit den Achseln. „Nun, es ist ein Teil meiner Angst. Aber ich bin auch noch nicht bereit.“

Er nickte langsam. „Hör zu, ich weiß, dass ich mich wie ein Arschloch benommen habe. Ich habe Stone Tech wie ein Diktator geleitet und darauf bestanden, dass alles so gemacht wird, wie ich es wollte. Aber bei dir ...“ Er unterbrach sich, da seine Kehle vor Emotionen wie zugeschnürt war. „Du hast mehr von mir erwartet und daran geglaubt, dass ich ein Herz habe. Ich dachte, ich hätte mich wegen dir geändert.“

Ashleys Lippe zitterte.

„Mach mich nicht wieder zu diesem Kerl. Glaubst du wirklich, ich würde dich zu etwas zwingen, was dich unglücklich machen würde?“

Eine Träne rann über ihre Wange und er strich sie mit dem Daumen weg. „Nein, es tut mir leid“, flüsterte sie. „Es tut mir wirklich leid.“

Ben hob sie von seinem Schoß und drehte sie geschickt mit dem Gesicht nach unten, sodass ihr nackter Hintern perfekt für seine Strafe positioniert war. Gänsehaut entstand auf ihrer Haut. Sie griff nach einem der Zierkissen und schlang ihre Arme darum. Die ersten Hiebe brannten am schlimmsten, da der Schock so viel größer war, als sie erwartet hatte.

Sie realisierte, wie sehr er sich zurückgehalten hatte, wenn er ihr zum Spaß den Hintern versohlt hatte, denn jeder Schlag traf jetzt mit so viel Wucht auf ihren Po, dass es ihr den Atem raubte. Sie wollte stillhalten, ertappte sich jedoch dabei, wie sie sich drehte und wandte und versuchte, von seinem Schoß zu rutschen. Er schlang seine Arme um ihre Taille und zog sie dicht an sich.

„Wenn du mich trittst, werde ich meinen Gürtel ablegen", warnte er.

Sie überkreuzte ihre Knöchel und presste sie zusammen, damit sie nicht mehr austreten konnte. Die Warnung war tatsächlich eine Erleichterung – es bedeutete, dass er nicht vorhatte, den Gürtel später einzusetzen. Das spielte in diesem Moment allerdings keine Rolle, da seine Hand bereits genug Schaden anrichtete. Sie senkte sich schnell und hart, zuerst auf eine Pobacke, dann die andere, dann genau in die Mitte.

Ashley presste ihre Lippen zusammen, damit sie nicht schrie, während er ihr immer wieder den Hintern versohlte. Sie vergrub ihren Kopf in den Sofakissen und biss in den Stoff. „Au ... bitte", bettelte sie trotz ihres Entschlusses, das Ganze wie ein braves Mädchen hinzunehmen.

Feste Hiebe fielen weiterhin auf ihren Po und das Brennen der vorherigen Schläge verschlimmerte das Ganze.

„Ben ... oh! Bitte", wimmerte sie. Ihre Pobacken pochten jetzt, während er ihren Hintern unablässig mit Schlägen traktierte.

Er hielt inne und legte seine Hand auf ihr heißes Fleisch. „Wie viele Monate hast du mich in dem Glauben gelassen, dass wir versuchen, ein Kind zu zeugen, Ashley?"

Sie zuckte zusammen. Ihre Scham war schlimmer als der Schmerz. „Fünf Monate", murmelte sie ins Sofa.

„Wie viele?", fragte er scharf.

Sie drehte zum Sprechen den Kopf. „Fünf, Sir."

Er begann, ihr erneut den Hintern zu versohlen, und zwar genauso hart und schnell wie zuvor.

Sie stöhnte, zappelte und griff nach hinten in dem Versuch, ihre Kehrseite zu massieren.

Er packte ihr Handgelenk und bog es hinter ihren Rücken. „Du weißt es besser, Kleines", mahnte er in einem strengen und missbilligenden Ton.

Sie krümmte ihre Schultern wegen der schmerzhaften Hiebe. „Es tut mir leid", heulte sie.

Zum Glück hörte er wieder auf. „Fünf Monate der Täuschung verdienen fünf Spankings, meinst du nicht?"

„Heute Nacht?", fragte sie plötzlich verängstigt.

Er gluckste. „Nicht heute Nacht."

„Wann?"

„Wenn ich es entscheide."

Er hob sie auf die Füße und sie umfasste ihren brennenden Po. „Dieses Spanking ist noch nicht fertig", warnte er. „Stell dich in die Ecke, während ich etwas aus der Küche hole."

Sie ging zur Ecke, wobei sie versuchte, das Brennen wegzureiben.

„Kein Massieren", rief Ben aus der Küche. „Verschränke deine Finger auf deinem Kopf."

Sie seufzte, gehorchte und fühlte sich wie ein sehr ungezogenes Mädchen, das bereits gründlich gerügt wurde. Was hatte er noch vor?

Sie lauschte auf die Geräusche, wie er in der Küche herumhantierte und ins Wohnzimmer zurückkehrte. Seine Schritte erklangen hinter ihr.

„Beug dich vornüber und pack deine Knöchel", befahl er und zog ihre Hüften nach hinten, um ihr mehr Platz zu geben.

Sie schluckte mit trockenem Mund.

Er wartete, dass sie gehorchte, und beobachtete, wie sie sich langsam vornüberbeugte und zum Boden griff. Die Dehnung ihres Hinterns verschlimmerte das Pochen. Er presste etwas Glitschiges und Kühles an ihren Anus, woraufhin sie zusammenzuckte und versuchte, ihre Pobacken zusammenzukneifen. In der Position war sie jedoch für ihn gespreizt und er drückte beharrlicher gegen ihre Rosette, bis sie sich entspannte und das Objekt einließ.

„Du darfst jetzt aufstehen", verkündete er und wackelte mit dem Objekt in ihr. Er drehte ihre Hüften und nutzte das Objekt, um sie nach vorne zu bewegen, bis sie die Armlehne des Sofas erreichte. „Beug dich darüber", befahl er und presste ihren Oberkörper nach unten. „Das ist Ingwer", erklärte er. „Du wirst ihn während deines restlichen Spankings in deinem Po behalten. Ich werde sicherstellen, dass dein Hintern innen und außen brennt", versprach er.

Sie versuchte, sich aufzurichten und den Hals zu recken, um sich das Ganze anzuschauen, doch Ben drückte sie wieder nach unten und hielt sie fest.

„Wenn du ein braves Mädchen bist, werde ich dieses Spanking mit meiner Hand beenden", sagte er. „Das bedeutet, dass du nicht nach hinten greifen oder treten darfst. Wenn du ungezogen bist, werde ich meinen Gürtel ausziehen und dir den Hintern versohlen, bis du schreist. Verstanden?"

Ihr Herz donnerte in ihrer Brust. „Ja, Sir", flüsterte sie und ihre Pussy verkrampfte sich trotz ihrer Angst.

Er wickelte ihre Haare um seine Hand und zog ihren Kopf nach hinten. „Du magst es, wenn ich dich bestrafe", knurrte er ihr ins Ohr, vermutlich weil er ihre Erregung roch.

Ihre Nippel wurden hart. Die Rauheit seiner Stimme verriet sein Verlangen nach ihr. Ihr Wolf war von dem kalten Ort zurückgekehrt, an den er sich zurückgezogen hatte.

„Ich mag es nicht", protestierte sie, was nur die halbe Wahrheit war.

Er zog ihre Haare wieder nach hinten. „Doch, das tust du."

„Ich mag es nicht, dich zu enttäuschen." Das stimmte.

Seine Zähne schlossen sich leicht um ihre Schulter, bevor sie sich wieder öffneten – ein Liebesbiss.

Sie bemerkte das Brennen der Ingwerwurzel und stöhnte. „Es brennt."

Er ließ ihre Haare los und drückte sie wieder nach unten. „Es soll brennen. Ich erteile dir eine Lektion, Kleines. Hast du mich angelogen?"

„Nein, Sir", antwortete sie und schluckte, als er begann, ihren Hintern erneut zu versohlen, und zwar genauso hart wie zuvor. Dieses Mal war ihr Po bereits wund und jetzt brannte auch noch ihr Anus. Sie spannte ihn an, was das Ganze nur verschlimmerte.

Ben verpasste ihr einen Hieb nach dem anderen. Seine Bestrafung war gnadenlos, während sie hilflos über der Armlehne lag und ein Stück Ingwerwurzel in ihrem Hintern hatte. Ihr ganzer Körper wurde von der Wurzel heiß und sie begann, zu schwitzen. Ihre Pussy schwoll zwischen ihren Beinen an und wurde zusammen mit ihrem ganzen Becken heiß. Erregung tropfte ihre Beine hinab.

„Oh, es brennt ... es brennt", stöhnte sie. Jedes Mal, wenn sie sich bewegte oder anspannte, löste das frische Qualen von der Ingwerwurzel aus. Das in Kombination mit dem Schmerz seiner scheinbar endlosen Hiebe schien mehr zu sein, als sie ertragen konnte. „Ben", wimmerte sie. „Es tut mir leid. Es tut mir so leid. Ich werde brav sein", flehte sie. „Ich werde nie wieder lügen. Bitte versohl mir nicht mehr den Hintern, bitte ..."

„Schh." Das Spanking hörte auf. Ben glitt mit einem Finger zwischen ihre Beine und über ihre glänzende Spalte.

„Bitte nimm die Wurzel raus", bettelte sie.

„Nein", entgegnete er. „Ich werde dich ficken, während du sie trägst."

Ihre Pussy verkrampfte sich, erpicht auf alles, was er ihr geben wollte.

Sein Finger hatte ihren Kitzler gefunden und umkreiste die empfindliche Perle.

Sie hörte seinen Reißverschluss, woraufhin sie die Beine spreizte und ihren Rücken durchbog.

Er schob den Ingwer tiefer in sie, erschuf eine frische Woge des quälenden Brennens und verpasste ihrem Hintern mehrere Hiebe. „Du darfst nicht kommen", mahnte er zur selben Zeit, in der er sie mit seinem dicken Schwanz weit spreizte.

„Was?", fragte sie verwirrt.

„Du hast mich gehört, Kleines. Du warst ungezogen und wirst bestraft. Ich finde nicht, dass du es verdienst, heute Nacht zu kommen."

Sie konnte es nicht fassen. Nicht zu kommen, wäre ein Ding der Unmöglichkeit. Sie war bereits fast gekommen, weil er gesagt hatte, dass er sie ficken würde. Und dennoch schien es außer Frage zu stehen, ihm ausgerechnet heute Nacht nicht zu gehorchen.

„Ben", wimmerte sie. „Bitte ... ich muss kommen."

Er ließ seinen Schwanz rein und raus gleiten, wobei er die Ingwerwurzel mit jedem Stoß tiefer in sie schob. Das Brennen war unerträglich und ihr Verlangen so groß, dass sie dachte, sie würde explodieren.

„Nein."

Er packte ihre Taille, beschleunigte die Geschwindigkeit und pumpte sich härter in sie.

Sie unterwarf sich, bot sich ihm an und versuchte, den Schmerz und ihre zunehmende Verzweiflung zu vergessen, endlich kommen zu dürfen.

* * *

Ben drang tief in Ashley und sein Höhepunkt strömte aus ihm heraus. Er schlang seine Arme von hinten um sie, hob ihren Oberkörper hoch und rieb seine Nase an ihrem Hals. Er war ein Narr gewesen. Ashley hatte wie üblich recht gehabt. Ein Spanking brachte alles in Ordnung. Oder zumindest, hatte es sie beide wieder zusammengebracht, sodass sie sich ihren Herausforderungen als Paar stellen konnten anstatt als zwei Inseln, die auseinandertrieben.

Er nahm ihre Brüste in die Hände und glitt mit den Daumen über ihre Nippel.

Sie stöhnte lüstern.

Er zog sich aus ihr zurück und entfernte die Ingwerwurzel aus ihrem Hintern. „Zieh dich noch nicht an", raunte er ihr ins Ohr. „Ich will, dass du mir in diesem Zustand das Abendessen servierst."

Sie drehte sich in seinen Armen, legte ihre Hände auf seine Brust und schaute schüchtern zu ihm auf.

Er bückte sich, um sie zu küssen, eroberte ihren Mund mit großer Autorität, schob seine Zunge zwischen ihre Lippen und zeigte ihr mit seinen Taten, was er selbst nur schwer ausdrücken konnte.

Als sie sich voneinander lösten, sah er ihre Erleichterung. Sie verstand, dass ihr vergeben worden und zwischen ihnen alles in Ordnung war. Er trat zurück, um sie durchzulassen. „Geh", befahl er und verpasste ihrem geröteten Po einen Klaps, als sie sich zur Küche umdrehte.

Er erhöhte die Temperatur am Thermostat, damit ihr nicht kalt wurde, während sie nackt durch die Küche tänzelte, und ließ sich auf einem Stuhl nieder, um sie zu beobachten. Sein Schwanz vergaß bereits seinen jüngsten Höhepunkt.

Ashleys Hände glitten über ihre geschwollenen Pobacken, massierten und rieben das Brennen weg. Er hoffte, dass er sie nicht hart genug geschlagen hatte, um Male zu hinterlassen. Zu Beginn hatte er das Spanking zwar nur widerwillig vollzogen, doch nachdem er angefangen hatte, hatten sich seine Emotionen geklärt. Ihr Wille, sein Missfallen in dieser Form zu akzeptieren, hatte all seine Unzufriedenheit gelindert und ihn dazu gebracht, ihre hübsche Unterwerfung wertzuschätzen.

Als sie jetzt Salat auf ihre Teller gab und die Steaks sowie das Quinoa aus dem Ofen holte, leuchteten ihre Augen von unerfülltem Verlangen und ihr Gesicht war noch immer gerötet. Sie schaute ihn immer wieder durch ihre Wimpern hindurch an und sandte jedes Mal eine frische Woge der Lust durch ihn.

„Es ist fertig", murmelte sie und wandte sich ihm zu.

Er schenkte ihr ein träges Grinsen, stand auf und ging zum Tisch. „*Gracias, mi amor.*"

Sie stellte die Teller auf ihre jeweiligen Essplätze, doch bevor sie sich setzen konnte, packte er ihre Taille und zog sie auf seinen Schoß. Sie zuckte bei dem Kontakt zwischen ihrem wunden Hintern und seiner Hose leicht zusammen, kuschelte sich jedoch an ihn.

„Du kannst heute Abend hier essen."

„Okay", erwiderte sie und klang zufrieden.

Er nahm sein Messer und schnitt ein Stück ihres Steaks ab, das vom Aufwärmen leicht trocken geworden war.

„Es tut mir leid", entschuldigte sie sich. „Gestern war es besser."

Er pikte es mit seiner Gabel auf und hob es an ihre prallen Lippen. „Es ist in Ordnung", versicherte er ihr. „Und es war meine Schuld, also entschuldige dich nicht."

Sie kaute, ihre Haare fielen nach vorne und verdeckten einen Teil ihres Gesichts.

Er strich sie weg und beobachtete sie beim Essen.

„Ich will deine Babys haben", verkündete sie, nachdem sie geschluckt hatte.

Er verkniff sich ein Lächeln. „Ein Jammer. Du hattest deine Chance und hast sie ruiniert."

Ihre ozeanblauen Augen musterten sein Gesicht. „Ich habe die Pillen weggeworfen."

Er wurde nüchtern und seine Brust wurde wieder schwer wegen dieses Konflikts, der nie ein Problem hätte sein sollen. „Ash ... Baby. Ich bitte dich nicht, meine Welpen zu bekommen. Ich dachte, du würdest sie jetzt wollen, und habe mich dementsprechend verhalten. Der Gedanke, dich zu schwängern, erregte mich. Aber ich kann warten ... ich wollte dich nie unter Druck setzen."

„Ich weiß", erwiderte sie und berührte seine Lippen mit ihrem Zeigefinger. „Aber ich habe realisiert, dass du ... dass unsere Familie wichtiger ist als meine Karriere."

Er nahm ihre Finger in die Hand und küsste sie. „Du wirst die Pille wieder nehmen", verkündete er mit stählerner Stimme, damit sie wusste, dass seine Entscheidung endgültig war. „Wir werden das Thema in einem Jahr erneut besprechen. Verstanden?"

Ihre Augen wurden feucht und sie nickte. „Ja, Sir."

„Braves Mädchen." Er schob ihr noch ein Stück Steak in den Mund.

Er fuhr fort, sie zu füttern, während er ihre weiche Haut streichelte und die Aussicht auf ihre perfekten Brüste genoss, die in der Nähe seines Gesichts hüpften.

Als sie fertig waren, half er ihr, die Küche aufzuräumen, bevor er sie in seine Arme nahm und zu ihrem Bett trug, auf das er sie mit der Brust nach unten legte. Ihr Hintern war noch rot und ihre Pussy glänzte feucht zwischen ihren Schenkeln. Er streichelte ihr Hinterteil und drückte ihre wunden Pobacken.

„Mmmh", ermutigte sie ihn.

Er krabbelte über sie und knöpfte sein Hemd auf. „Das Problem mit ungezogenen Mädchen wie dir ist, dass ihr eure Spankings zu sehr mögt", stellte er fest, packte ihre Haare und zog ihren Kopf zur Seite, um in ihre Schulter zu beißen. „Ich muss sehr streng sein, um Eindruck zu hinterlassen. Stimmt's?"

Sie wimmerte und wusste wahrscheinlich nicht, wie sie eine derartige Frage beantworten sollte.

Er zog sein Hemd und Unterhemd aus, ehe er seine Hose aufknöpfte und nach unten schob. „Du darfst mich jetzt befriedigen", erklärte er und ließ sich neben ihr auf seinem Rücken nieder.

Sie ging auf ihre Hände und Knie und krabbelte mit einem Eifer über ihn, bei dem sein Schwanz steinhart wurde, noch bevor sie bei ihm ankam. Sie leckte sich über die Lippen, als sie nach seinem Schaft griff, ihren Kopf senkte und mit der Zunge über die Unterseite seiner Eichel glitt.

Er erschauderte vor Wonne und stieß seine Hüften nach oben.

Sie schenkte ihm ein Grinsekatze-Lächeln, senkte

verführerisch die Augenlider und öffnete den Mund, um seine Schwanzspitze aufzunehmen.

Er griff nach ihr und vergrub seine Finger in ihren dichten, glänzenden Haaren, während sie ihren Kopf auf seinem Schaft senkte und hob. Sie saugte hart und bewegte ihre Zunge in einer wirbelnden Bewegung, bei der ihm schwindlig vor Verlangen wurde.

„Bring deinen Hintern hier rüber", befahl er mit belegter Stimme.

Sie drehte sich zur Seite und bot ihm ihren versohlten Hintern an, während sie seinen Schwanz weiterhin meisterhaft mit ihrer Zunge neckte.

Er senkte seine Hand auf ihren Po, wodurch sie vorruckte und seinen Schwanz tief aufnahm. „Ich werde dir was sagen, Kleines. Du bläst meinen Schwanz so gut, dass ich dich vielleicht kommen lasse. Aber ich werde deine hübsche kleine Pussy nicht anfassen. Ich werde nur deinen roten Hintern versohlen. Glaubst du, dass du allein von einem Spanking kommen kannst?"

Sie machte ein Geräusch um seinen Schwanz herum und die Vibration sandte einen Blitz der Lust durch ihn hindurch bis in seine Zehenspitzen.

Er verpasste ihr noch einen Hieb. „War das ein Ja?"

Sie löste sich von ihm. „Ja, Sir."

Noch ein Hieb, dieses Mal fester. „Habe ich gesagt, dass du mit dem aufhören kannst, was du tust?"

„Nein, Sir", antwortete sie und widmete sich wieder ihren Zuwendungen.

Er versohlte ihr den Hintern langsam und gezielt. Nicht zu hart, aber auch nicht zu sanft. Er zielte auf die Mitte ihrer Pobacken oberhalb ihrer Pussy.

Aufgrund des Enthusiasmus, mit dem sie sich seinem pochenden Schwanz widmete, wusste er, dass sie dem

Höhepunkt nahe kam. Er ließ seine Hand immer wieder fallen, während sie sich wild über ihm bewegte, summte und saugte. Zu sehen, wie sie immer erregter wurde, war sein Untergang. Seine Hoden zogen sich zusammen.

„Ich komme", warnte er sie, doch sie hörte nicht auf. Er fuhr fort, ihr den Hintern zu versohlen, nun schneller, und fragte sich, ob sie es tun konnte. Sie wackelte mit den Hüften, ließ sie kreisen und bettelte darum, gefickt zu werden, doch er berührte sie nicht abgesehen von den Hieben. Er kam und sie hielt inne, sie nahm seinen Samen in ihrem Mund auf und ihre Hand schlang sich fest um seine Schwanzwurzel.

Sie setzte sich auf, schluckte und sah Ben mit wilden Augen an.

Er richtete sich ebenfalls auf, zog sie über seinen Schoß und nahm das Spanking wieder auf.

Sie spreizte ihre Beine, neigte ihren Po nach oben und hob ihn seiner Hand entgegen. Ihre Finger vergruben sich in der Bettdecke, sie bog den Rücken durch und bleckte die Zähne wie eine kleine Wildkatze.

„Nur die verdorbensten Mädchen können kommen, weil ihr wunder, roter Hintern versohlt wird."

Sie schrie auf, presste ihre Beine zusammen und rieb ihre Hüften auf seinem Schoß. Ihr Hintern verkrampfte sich fest und ihre Zehen wurden hinter ihr ausgestreckt.

Er gluckste, drückte ihre harten Pobacken und schüttelte sie. „Das ist mein Mädchen", murmelte er. „Ich wusste, dass du es tun kannst."

Sie hob den Kopf von ihren Armen und sah erschöpft aus. „Zählt das als eines meiner Spankings?"

Er warf den Kopf nach hinten und lachte. „Ja. Aber glaube nicht, dass alle so angenehm sein werden."

Kapitel Drei

Das Telefon auf Ashleys Schreibtisch klingelte und auf dem Display wurde Bens Nummer angezeigt.

„Hi", begrüßte sie ihn atemlos.

„Miss Bell, Sie müssen sofort in mein Büro kommen", verkündete er.

Ein Schauder der Erregung durchlief sie. „Ja, Mr. Stone", erwiderte sie und legte auf. Sie liebte es, wenn er den strengen Chef für sie spielte.

Sie ging an seiner Sekretärin vorbei, nickte ihr zu und betrat sein Büro.

„Schließen Sie die Tür", sagte er, „und verriegeln Sie sie." Wie üblich gab sein Gesicht nichts preis.

Sie drehte das Schloss um, während Aufregung mit Sorge in ihr rang. Würde er ihr hier drin den Hintern versohlen? Und es riskieren, dass Karen oder andere sie hörten?

Als wollte er ihre unausgesprochene Frage beantworten, stand er auf und deutete auf seinen Schreibtisch. „Beugen Sie sich vornüber", befahl er.

Sie zögerte lang genug, um sich eine hochgezogene Augenbraue einzuhandeln, was sie in Bewegung setzte. Selbst wenn sie nur ein Spiel spielten, hatte sie nicht den Wunsch, sein Missfallen zu erregen. Nicht nach allem, was geschehen war.

Sie trat an seinen Schreibtisch heran, beugte sich vornüber und legte ihre Hände auf die Walnussoberfläche.

Er trat um den Tisch herum, stellte sich hinter sie und strich mit den Fingerspitzen über ihre Schenkel, was einen elektrisierenden Ruck durch sie sandte. Er fand den Saum ihres Rocks und zog ihn langsam hoch, bis er sich um ihre Taille bauschte.

Er hatte ihr zuvor schon den Hintern in seinem Büro versohlt, jedoch ihr Höschen angelassen, damit es keine Geräusche gab. Dieses Mal schälte er es allerdings bis zur Mitte ihres Schenkels.

In ihrem Bauch flatterte es.

„Haben Sie jemals von einem Loopy Johnny gehört, Miss Bell?"

„Nein ..." Sie räusperte sich. „Nein, Sir."

Er schob eine Art Schlagwerkzeug vor sie auf den Schreibtisch. Es hatte einen Holzgriff, der mit Leder umwickelt war. Drei Schlaufen aus einer dünnen, schwarzen Kordel ragten aus dem Griff.

Sie erschauderte.

„Es ist angeblich eines der leisesten Schlagwerkzeuge für ein Spanking. Natürlich werden Sie möglicherweise nicht still sein, wenn es Ihre nackte Haut streift. Das wird also die Schwierigkeit sein."

Sie zwang sich, zu atmen.

„Küssen Sie es und danken Sie mir für Ihr Spanking."

Sie senkte ihre Lippen auf den Griff und der Geruch

des neuen Leders stieg in ihre Nase, als sie ihn küsste. „Danke für das Spanking, Sir", sagte sie.

Er nahm ihr den fies aussehenden Loopy Johnny weg und drückte eine Hand auf ihren unteren Rücken.

Sie wartete und ihr Hintern kribbelte in Erwartung des ersten Schlags.

Er war so viel schlimmer, als sie erwartet hatte. Die Schlaufen bissen in ihre Haut und brannten wie eintausend Wespenstiche.

Sie drückte ihre Hüften an den Schreibtisch, als wollte sie den Hieben entkommen, presste ihren Mund fest zu und verschloss ihre Kehle. Es dauerte ganze drei Sekunden, bis sie wieder atmen konnte. Der Schmerz sandte heiße Nadelstiche durch ihren gesamten Körper.

Ben senkte das Gerät noch einmal, woraufhin sie erneut vorwärtsruckte und über den Schreibtisch krabbeln wollte, um auf der anderen Seite zu fliehen. Er schlug sie zwei weitere Male und sie griff nach hinten, um ihren armen Hintern zu verdecken, da sie sich sicher war, dass sie nicht mehr ertragen konnte.

„Miss Bell, Sie werden augenblicklich Ihre Hände entfernen."

„Bitte", wisperte sie. „Bitte, Sir."

„Das Spanking ist erst vorbei, wenn ich es entscheide. Ich werde drei Hiebe für jede Sekunde hinzufügen, die Sie brauchen, um ..."

Sie riss ihre Hände weg.

„Danke schön." Er verpasste ihr noch einen sengenden Schlag.

Sie presste die Lippen zusammen und wimmerte.

Noch ein schrecklicher Hieb. Dann noch einer.

„Oh, bitte", flehte sie ohne irgendeine Würde. Heiße Tränen hingen von ihren Augenwimpern.

Ben zog ihr Höschen hoch, das auf der wunden Haut schrecklich wehtat, obwohl es aus dem weichsten Satin bestand. Anschließend senkte er ihren Rock und drehte sie um.

Sein Gesicht war noch immer eine strenge Maske, er zog sie jedoch in seine Arme, küsste ihre Haare und streichelte ihren Rücken.

„Au", wimmerte sie als Untertreibung des Jahres.

Ben umfasste ihren Nacken auf seine besitzergreifende Art. Sein harter, muskulöser Körper war kraftvoll, obwohl er in einem Anzug getarnt war. Sie atmete seinen maskulinen Duft ein und versuchte, das Zittern in ihrem Körper zu beruhigen. Sie fühlte sich gründlich von ihm bestraft – es war ein köstliches Gefühl, jetzt, da sie wusste, dass er ihr vergeben hatte.

Ihre Beine wackelten unter ihr, doch Ben hielt sie mit einem starken Arm um ihre Taille fest. Er rieb seine Nase an ihrem Ohr und Hals.

„Ich hasse den Loopy Johnny", beschwerte sie sich, das Gesicht in seine Jacke gedrückt.

Er zog ihren Kopf zurück, um auf sie hinabzusehen, und seine Augenwinkel kräuselten sich vor Belustigung. „Ich fand ihn ziemlich effektiv. Er wird in meinem Büro bleiben für die Zeiten, in denen du sofort diszipliniert werden musst."

Feuchtigkeit tropfte in ihr Höschen.

„Er könnte verlegt werden. Du weißt schon, vom Reinigungspersonal oder so etwas."

Er packte ihr Kinn mit seinem Zeigefinger und zog eine strenge Augenbraue hoch. „Wenn er verschwindet, wirst du eine Woche nicht sitzen können, verstanden?"

Ihre Pussy verkrampfte sich.

„Du bist gemein", flüsterte sie und hob ihre Lippen, um von ihm geküsst zu werden, ihrem Alphawolf, der sie so geschickt an die Kandare genommen hatte.

* * *

Ben beobachtete vom Bett aus, wie Ashley nackt aus der Dusche in ihr Schlafzimmer tapste. Ein Knurren stieg in seiner Kehle auf, nur weil er zusah, wie ihre nackten Brüste beim Gehen hüpften. Als sie sich vornüberbeugte, um ihre Unterwäscheschublade zu durchsuchen, erhielt er eine fantastische Sicht auf ihren knackigen Hintern. Ihre Pussy war zwischen ihren Beinen zu sehen und seine Haut kribbelte vor Hitze.

„Komm her", befahl er mit tieferer Stimme als üblich und stemmte sich in eine sitzende Position.

Sie richtete sich auf, drehte sich um und sah ihn über ihre Schulter an. Ihre Hände verdeckten sofort ihren Po und er gluckste.

„Die Male von gestern sind fort. Sieht so aus, als hättest du mir eine leere Leinwand geschenkt", stellte er fest.

Sie sah argwöhnisch aus. „Du hast dieses schreckliche Ding nicht nach Hause gebracht, oder?"

Er grinste. „Nein. Aber ich habe einige andere Werkzeuge gekauft, als ich den Loopy Johnny besorgt habe."

Sie erschauderte, ihre Füße bewegten sich jedoch und brachten sie zum Bett. „Du und ich wissen beide, dass du nichts außer deiner Hand brauchst", entgegnete sie und zog eine Schnute. „Mit deiner Gestaltwandlerkraft und allem."

„Ja, aber das wäre langweilig. Fünf Spankings, und alle mit meiner Hand? Nein. Ich muss ein wenig Abwechslung reinbringen."

Er klopfte auf seinen Schoß und sie legte sich brav darüber. Der Geruch ihrer Erregung lockte sein Tier an die Oberfläche. Trotz seiner Drohungen nutzte er bloß seine Handfläche und brachte ihre Haut zum Brennen, behielt allerdings eine mittlere Intensität bei. Er beobachtete, wie ihre Haut von pfirsichfarben zu rosafarben und dann rot wechselte. Als sich die Farbe nicht mehr änderte, hörte er auf und massierte Ashleys Po.

Sie wand sich auf seinen Beinen, was eine unverhohlene Einladung für ihn war. Er griff nach dem Nachttisch, wo er seine neuen Spielzeuge aufbewahrte, und holte die Flasche Gleitmittel hervor. Er spreizte ihre Pobacken, tröpfelte ein wenig Gleitmittel auf ihren Anus und gluckste, als sie ihren Po anspannte und versuchte, wegzurollen.

„Ich glaube, es ist an der Zeit, dass wir deinen Hintern darauf vorbereiten, meinen Schwanz aufzunehmen", verkündete er in einem beiläufigen Ton, packte ihre Hüften und positionierte sie neu, hob ihren Hintern hoch und neigte ihn im perfekten Winkel. Obendrein verpasste er ihr noch ein Dutzend Hiebe.

„Nei-ein", stöhnte sie. „Dein Schwanz ist viel zu groß. Er wird nicht passen."

„Zuerst einmal, Kleines, wirst du meinen Schwanz überall aufnehmen, wo ich ihn reinstecken möchte. Zweitens wirst du gerade bestraft, weshalb deine Wonne nicht meine Sorge ist, und drittens habe ich hier etwas, was dich vorbereiten wird." Er drückte die knollenförmige Spitze eines Analplugs an ihre Rosette. „Öffne dich für mich, Ashley", befahl er.

Sie fuhr fort, sich vor dem Eindringling zu verschließen.

Er wechselte die Hände und versetzte der Rückseite ihrer Schenkel mehrere schnelle Schläge.

„Au", kreischte sie. „Au, okay! Es tut mir leid."

Er wartete, während sich zuerst ihre Pobacken entspannten und schließlich der enge Muskelring, sodass sie den Edelstahlplug aufnehmen konnte. Er schob ihn langsam in sie, damit sie sich an die Dehnung gewöhnen konnte.

„Ohhh, oh", stöhnte sie. „Oh ... oooh." Ihre Stimme wurde am Ende höher.

„Dieser Plug bleibt in dir, bis ich ihn rausnehme, verstanden?"

Sie schaute über ihre Schulter. „Meinst du, ich muss ihn zur Arbeit tragen?", fragte sie ungläubig.

„Ja." Er verpasste ihrem Po einen leichten Klaps. „Jetzt zieh dich an."

Sie errötete, als sie mit dem Plug in ihrem Hintern von seinem Schoß kletterte. Der mit Edelsteinen besetzte Griff bot einen wundervollen Anblick zwischen ihren Pobacken. Ihr Gang wirkte steif, als sie zu ihrer Unterwäscheschublade zurückkehrte und diese durchwühlte, wobei sie gelegentlich nach hinten griff und den Plug berührte.

Zufrieden schob er sich aus dem Bett und ging zur Dusche.

Sie fuhren in angenehmem Schweigen zur Arbeit. Er bemerkte jedoch, dass Ashleys Gesicht gelegentlich rosafarben wurde, als würde sie sich plötzlich an den Plug in ihrem Hintern erinnern.

Er war erst eine Stunde in seinem Büro, als sie an seine Tür klopfte und reinkam.

„Ich weiß, es ist eine Strafe, aber ..." Ihre Stirn legte sich vor Sorge in Falten.

Er krümmte seinen Finger. „Komm her."

Sie drehte sich um und verschloss die Tür.

Er klopfte auf seinen Schoß.

Sie sah sich um, obwohl seine Jalousien geschlossen waren und die Tür verriegelt war. Sie leckte sich über die Lippen, beugte sich vor und legte sich über seinen Schoß.

Er streichelte ihre Kehrseite durch ihren Rock hindurch und zog die Zeit in die Länge, in der sie sich in dieser demütigenden Position befand. Irgendwann schob er ihren Rock und ihr Höschen hoch. Dann packte er den Plug und bewegte ihn einige Male rein und raus, womit er ihr ein leises Stöhnen entlockte. „Das werde ich heute Nacht mit meinem Schwanz tun", versprach er. „Nach deinem letzten Spanking."

Sie stöhnte erneut.

Er zog den Plug aus ihrem Hintern und wickelte ihn in ein Taschentuch. Daraufhin zog er ihr Höschen hoch und half ihr auf die Beine. „Raus mit dir", befahl er und kehrte zu seiner barschen Art zurück, die ihm in der Firma den Spitznamen ‚Steinmann' eingehandelt hatte.

Es beunruhigte sie, wie er es sich erhofft hatte. Sie rückte ihren Rock zurecht und schien aus dem Gleichgewicht geraten zu sein, als sie zur Tür ging.

Er schaute auf seine Armbanduhr. „Wir werden heute früher nach Hause gehen. 16 Uhr. Sei bereit."

Sie zog den Kopf ein, um ihr Lächeln zu verbergen. „Ja, Sir."

* * *

Punkt 16 Uhr ging Ashley zu Bens Bürotür und klopfte an.

Er sah von seinem Schreibtisch auf. „Bereit?"

„Ja, Sir."

Er klappte seinen Laptop zu, nahm ihn in die Hand und schob ihn in dieselbe Aktentasche, in der sie vor einiger

Zeit eine Laptop-Bombe platziert hatte, die ihn hätte töten können. Sie erschauderte noch immer bei dem Gedanken daran, was hätte passieren können, wenn er das Komplott gegen sich nicht bemerkt hätte.

Sie nahmen den Aufzug zur Tiefgarage und Ben brachte sie zu ihrer Seite des Autos. Anstatt ihr die Tür zu öffnen, drängte er sie jedoch gegen die Seite seines Mustangs und seine beachtliche Erektion presste sich gegen ihr Kreuz.

„Kleines, ich werde dich auffressen", knurrte er ihr ins Ohr.

„Ich habe keine Angst vor dem großen bösen Wolf", murmelte sie und drückte ihren Po an ihn.

„Wenn du nicht aufpasst, wirst du hier in dieser Tiefgarage gefickt. Ist es das, was du willst?"

Ihr stockte der Atem und sie konnte nicht antworten. Die Wahrheit war zu verworren und verwirrend, um sie zu verstehen. Ja, natürlich wollte sie hier und jetzt gefickt werden und die Gefahr, dabei gesehen zu werden, machte es wahnsinnig heiß. Aber nein ... auf keinen Fall. Sie konnte es sich definitiv nicht vorstellen, so erwischt zu werden. „Nein, Sir", zwang sie sich zu antworten.

Er trat zurück, griff an ihr vorbei, öffnete die Tür und feixte, als sie auf den Sitz sank.

Zu Hause befahl er ihr, im Auto zu warten. Er ging um dieses herum, öffnete ihre Autotür, zog Ashley heraus und warf sie sich mit einer schnellen Bewegung über die Schulter.

„Uumpf", grunzte sie „Was machst du?"

Er gab ihrem nach oben gewandten Hintern einen Klaps, während er sie ins Haus trug.

„Erinnerst du dich an das erste Mal, als ich dir den Hintern versohlt habe?", fragte er und stellte sie in ihrem

Schlafzimmer ab, wo auf mysteriöse Weise ein Seil auf dem Bett erschienen war.

Sie musterte es und fragte sich, was er ausheckte. „Ja."

„Ja, Sir", korrigierte er.

„Ja, Sir."

Er wickelte das Seil um ihre Handgelenke, fesselte sie aneinander, zog sie über ihren Kopf und warf das Seil über die Badezimmertür.

Jetzt verstand sie. In der Nacht, in der sie die Bombe in seiner Aktentasche platziert und erfahren hatte, dass er ein Werwolf war, hatte er sie zu einem Motel gebracht und auf diese Weise gefesselt. Anschließend hatte er ihr den Rock ausgezogen und sie mit einem Gürtel geschlagen.

Nun stand er hinter ihr, schob seine Hände unter ihre Bluse und umfasste ihre Brüste. Seine Finger fanden ihre Nippel und er zwickte und zwirbelte sie, wobei er das perfekte Gleichgewicht zwischen Schmerz und Lust fand, das sie einem Höhepunkt nahe brachte.

Da sich ihre Arme über ihrem Kopf befanden, fühlten sich ihre Brüste viel verletzlicher an und sie drehte sich in dem Versuch, sich selbst zu schützen.

Er öffnete den Reißverschluss ihres Rocks und ließ ihn in einer Pfütze zu ihren Füßen fallen. Ihr Höschen wurde als Nächstes ausgezogen, dann begann er, ihre Bluse aufzuknöpfen, wobei er nach wie vor hinter ihr stand. Es fühlte sich intim und sinnlich an, dass er sie wie ein Kind entkleidete.

Sie hörte das Zischen seines Gürtels, der aus den Schlaufen gezogen wurde, und Gänsehaut überzog ihre Arme.

„Spreiz deine Beine."

Obwohl er das Seil so straff gespannt hatte, dass sie fast

auf den Zehenspitzen war, schaffte sie es, ihre Beine weiter auseinander zu stellen.

„Wenn du dich bewegst, wird mein Gürtel deine Hüfte oder Schenkel erwischen und das wird dir nicht gefallen. Kannst du für das Spanking stillhalten, Ashley?"

„Ja, Sir", murmelte sie.

„Braves Mädchen."

Er wand das Ende mit der Gürtelschnalle um seine Faust, schwang den Gürtel und erwischte sie direkt auf der Mitte ihrer Pobacken.

Sie kreischte, ihre Füße verließen den Boden und ihr Körper rutschte zur Seite, obwohl er von den Seilen über der Tür baumelte.

„Was habe ich dir darüber gesagt, dass du stillhalten sollst?"

„Sorry", keuchte sie, streckte ihre Zehen aus, um sich abzufangen, und nahm ihre Position wieder ein.

Er schwang erneut den Gürtel.

Noch ein sengender Striemen landete auf ihrem Hinterteil.

Dieses Mal schaffte sie es, nicht wegzuspringen, es war jedoch knapp.

Sie holte zittrig Luft und hielt sie an.

Noch ein Striemen, dann noch einer. Jeder Einzelne, den er ihr verpasste, schien schlimmer zu sein als der vorherige, und die ersten Hiebe hatten verspätet angefangen, zu brennen und zu schmerzen.

Er erwischte die Rückseite ihrer Schenkel und sie heulte protestierend, schaffte es jedoch wie durch ein Wunder, sich nicht zu bewegen. Noch ein Hieb, dann noch einer, bis ihr ganzer Hintern brannte und ihr Atem nur noch keuchend entwich.

„Drei weitere", verkündete er.

Sie dachte, dass er nun Nachsicht walten lassen würde, doch es waren die schlimmsten Hiebe. Ein Striemen landete auf dem nächsten wie Linien aus Feuer, wegen denen sie sich auf die Lippe biss und Tränen in ihre Augen traten.

Er ließ den Gürtel fallen, packte sie um die Taille und hob ihr Gewicht vom Boden, um sie von der Tür zu lösen. Als er sie senkte und umdrehte, sprang sie ihm entgegen, schlang ihre Beine um seine Taille und legte ihre gefesselten Hände über seinen Kopf.

Er trug sie zum Bett, setzte sie ab und befreite sich aus ihrem Würgegriff. „Deine Strafe ist fast vorbei", erklärte er, während er das Seil von ihren Handgelenken wickelte. Er drehte sie um und drückte ihren Oberkörper nach unten, sodass sie über die Bettkante geklappt war.

„Ab jetzt werde ich jedes Mal, wenn ich dich für ein ernstes Vergehen bestrafe, anschließend deinen Hintern nehmen."

Sie erschauderte teils vor Aufregung und teils vor Furcht. Die Größe von Bens Schwanz machte diese Strafe umso einschüchternder, selbst wenn sie keine Analjungfrau gewesen wäre.

Er ging um das Bett herum zum Nachttisch, wo er eine Tube Gleitgel holte.

„Greif nach hinten und spreize deine Pobacken für mich."

Sie kniff ihre Augen zu, da sie die Anweisungen beschämten. Ihr Körper schien die Demütigung jedoch zu lieben, denn aus ihrer Mitte tropfte Erregung auf ihre Schenkel, als sie ihm gehorchte. Sie zuckte zusammen, als das Gleitgel kalt und feucht auf ihren zuckenden Anus tropfte.

Ben öffnete den Reißverschluss seiner Hose und ließ sie

zu Boden fallen. Er trug nie Boxershorts oder Retropants, weil sie ihn einschränkten, wenn er sich schnell verwandeln wollte. Seine Härte ragte jetzt in ihrer ganzen Pracht hervor und winkte ihrem Hintern.

Sie drehte sich wieder zum Bett um und packte die Decke.

Er drückte seine Schwanzspitze gegen ihren privatesten Eingang und verharrte dort. Er zwang sie nicht, ihn aufzunehmen, bestand jedoch darauf.

Sie holte tief Luft, atmete aus und zwang sich, sich zu entspannen.

Er nutzte die Gelegenheit, drückte sich fester an sie und durchdrang ihren Eingang.

Sie keuchte wegen des Brennens, als sie weit gedehnt wurde, um ihn aufzunehmen.

Er drang Zentimeter für Zentimeter in sie.

Sie war sich ständig sicher, dass sie nicht mehr von ihm aufnehmen konnte, doch er hörte nicht auf und füllte sie mit seinem riesigen Schwanz, bis sie schließlich seine Hüften an ihrem Hintern spürte.

„Braves Mädchen", summte er, woraufhin sie sich entspannte, da sein Lob sie erfreute.

Er glitt aus ihr und wieder in sie. Die Empfindung fühlte sich zu intensiv an, um sie zu genießen. Nichtsdestotrotz pochte ihre Pussy vor Aufregung und sehnte sich nach seiner Berührung.

Ben wusste anscheinend, was sie brauchte, griff um sie herum und ließ seine Finger über ihre geschwollene Spalte gleiten.

Sie stöhnte und presste sich an seine Finger, da sie mehr wollte.

Er setzte langsam ein Tempo und fickte ihren Hintern

mit seinem gewaltigen Schwanz, während seine Finger ihren Kitzler fanden.

Es war viel zu viel – zu viel Wonne, zu viel Intensität, zu viel Furcht vor dem Schmerz. Der Schmerz selbst war jedoch verschwunden.

„Ben", wimmerte sie.

„Du machst das so gut, *amorcita*. Bist du bereit, zu kommen?"

„Ja ... ja, bitte. Ja, Sir", plapperte sie.

Er massierte ihren Kitzler fester und beschleunigte zur gleichen Zeit das Tempo seiner Stöße. Er füllte sie und sandte sie mit einem Schrei der Ekstase über die Klippe. Und dennoch stellte sie fest, dass sie nicht zum Höhepunkt kommen konnte – oder zumindest nicht auf die Art, wie sie es normalerweise tat. Denn als sich ihre Muskeln verkrampften, spannte sich ihr Anus um seinen Schwanz herum an und weckte wieder den Schmerz.

Sie entspannte sich und unterwarf sich Ben, während er sich rein und raus bewegte, tief in sie rammte und einen Schrei der Erlösung ausstieß. Die Wogen der Lust, die normalerweise auf einen Orgasmus folgten, flossen durch sie, weshalb es vielleicht doch ein Höhepunkt gewesen war.

Er glitt aus ihr und trug sie zur Dusche, wo er sie hochhielt und sie beide von dem Wasser waschen ließ.

Sie lehnte sich an ihn, schloss die Augen und ließ das Wasser über ihr Gesicht laufen. „Wurde mir verziehen?", fragte sie, obwohl sie die Antwort bereits kannte, aber sie wollte sie hören.

Ben schlang seine Hand um ihren Hals und zog ihren Kopf nach hinten, um ihr ins Ohr zu beißen. „Lüg mich nie wieder an", knurrte er, was einen Schauder über ihr Rückgrat sandte.

„Das werde ich nicht tun", sagte sie. „Ich verspreche es."

„Ich liebe dich", verkündete er. „Komme, was wolle. Vergiss das nie."

Tränen wärmten ihre Augen. „Wie kommt es nur, dass ich so viel Glück habe?"

Er küsste ihr Ohr. „Nein", murmelte er. „Ich bin hier der Glückspilz."

Das Ende

Das Versprechen des Alphas

Es begann mit einer kleinen Täuschung …

Jetzt, fünf Monate später, denkt Ashleys Alpha-Gestalt-wandler-Verlobter noch immer, dass sie versuchen, einen Welpen zu zeugen, obwohl sie die ganze Zeit über heimlich die Pille genommen hat. Als er es herausfindet, ist die Hölle los und das bedeutet eine heiße Strafe von ihrem dominanten Wolf.

Die Figuren aus Renee Roses sexy Liebesroman *Das Begehren des Alphas* kehren in einer Kurzgeschichte voller Sex, Spankings und harten, dominanten Liebesspielen zurück.

ANMERKUNG: Dieses Buch wurde ursprünglich in 2015 veröffentlicht und seit der Erstausgabe nicht verändert. *Die Strafe des Alphas* beinhaltet Spankings und harte, intensive, sexuelle Szenen. Falls du Anstoß an derartigen Inhalten nimmst, kaufe dieses Buch bitte nicht.

Das Versprechen des Alphas

Renee Rose: HOLEN SIE SICH IHR KOSTENLOSES BUCH!

Tragen Sie sich in meine E-Mail Liste ein, um als erstes von Neuerscheinungen, kostenlosen Büchern, Sonderpreisen und anderen Zugaben zu erfahren.

https://www.subscribepage.com/mafiadaddy_de

Bücher von Renee Rose

Wolf Ridge High

Alpha Bully - Buch 1, Alpha Knight - Buch 2, Step Alpha - Buch 3

Alpha King - Buch 4, Alpha Varsity - Buch 5

Wolf Ranch

ungebärdig - Buch 0 (gratis), ungezähmt– Buch 1, ungestüm - Buch 2, ungezügelt - Buch 3, unzivilisiert - Buch 4, ungebremst - Buch 5, unbändig - Buch 6, unkontrolliert - Buch 7

Two Marks

ungebärdig - Buch 1 (gratis), versucht - Buch 2, Begehrt - Buch 3, verzaubert - Buch 4

Bad Boy Alphas

Alphas Versuchung, Alphas Gefahr, Alphas Preis, Alphas Herausforderung, Alphas Besessenheit, Alphas Verlangen, Alphas Krieg, Alphas Aufgabe, Alphas Fluch, Alphas Geheimnis, Alphas Beute, Alphas Blut, Alphas Sonne, Alphas Mond, Alphas Schwur, Alphas Rache, Alphas Feuer, Alphas Rettung, Alphas Befehl

The Werewolves of Wall Street Serie

Der große böse Boss: Mitternacht, Der große böse Boss: Mondverrückt, Der große böse Boss: Markiert, Der große böse Boss: Miteinander

Bad Boy Bears Serie

Alphas Anspruch

Alpha Doms (DE)

Das Begehren des Alphas, Die Strafe des Alphas, Das
Versprechen des Alphas, Der Schutz des Alphas

Master Me

*Ihr Königlicher Master, Ja, Herr Doktor, Ihr Marine Master, Ihr
Russischer Gebieter, Ihre Zwillingsmaster, Ihr Brandmeister, Ihr
Küchenmeister, Ihr Hollywood Master*

Chicago Bratwa

*Der Direktor, Gefährliches Vorspiel, Der Mittelsmann, Bessessen,
Der Vollstrecker, Der Soldat, Der Hacker, Der Buchmacher, Der
Reiniger, Der Torwächter*

Mafia Männer Reihe

Reiz mich nicht, Verführe mich nicht, Zwing mich nicht

Unterwelt von Las Vegas

King of Diamonds: Was in Vegas passiert, bleibt in Vegas, Band 1

Mafia Daddy: Vom Silberlöffel zur Silberschnalle, Band 2

Jack of Spades: Gefangen in der Stadt der Sünden, Band 3

Ace of Hearts: Berühmtheit schützt vor Strafe nicht, Band

4

*Joker's Wild: Engel brauchen auch harte Hände (Unterwelt von
Las Vegas 5)*

*His Queen of Clubs: Russische Rache ist süß (Unterwelt von Las
Vegas 6)*

Dead Man's Hand: Wenn der Tod mit neuen Karten spielt

Wild Card: Süß, aber verrückt

Mountain Men

Held, Rebell, Krieger

Über die Autorin

USA TODAY Bestseller-Autorin RENEE ROSE liebt dominante, verbalerotische Alpha-Helden! Sie hat bereits über eine halbe Million Exemplare ihrer erotischen Liebesromane mit unterschiedlichen Abstufungen verruchter sexueller Vorlieben und Erotik verkauft. Ihre Bücher wurden außerdem in *USA Todays Happily Ever After* und *Popsugar* vorgestellt. 2013 wurde sie von *Eroticon USA* zum nächsten *Top Erotic Author* ernannt und freut sich ebenfalls über die Auszeichnungen Spunky and Sassy's *Favorite Sci-Fi and Anthology Autor*, The Romance Reviews *Best Historical Romance* und Spanking Romance Reviews *Best Sci-fi, Paranormal, Historical, Erotic, Ageplay and Couple Author*. Bereits fünfmal gelang ihr eine Platzierung in der USA-Today-Bestsellerliste mit verschiedenen literarischen Werken.

Besuchen Sie ihren Blog unter www.reneeroseromance.com

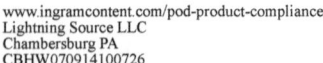